Il rancher che salvò il Natale

Justice Willoughby

CAPITOLO 1

A pochi giorni dal Natale, il vento del Wyoming soffiava sempre più intensamente, portando con sé un freddo che sembrava penetrare fin dentro le ossa. Un vento di neve che non si sarebbe fatta attendere a lungo. Il cielo aveva assunto una tonalità di grigio uniforme e pesante, promettendo altra neve. Edwin Parker lo osservava dalla grande finestra del suo ufficio della "Aspen Creek Deliveries", mentre il vapore che saliva dalla tazza di caffè si mescolava al suo respiro. Intanto, l'odore della carta da pacchi, del nastro adesivo e del caffè tostato impregnava l'aria.

L'orologio appeso alla parete segnava le 7:38 del mattino, ma lui era lì da più di un'ora. Proprio come ogni giorno, soprattutto nelle ultime settimane. Il periodo che precedeva il Natale era sempre così, ormai era abituato a quel fermento e si era rassegnato al fatto di dover resistere per tutto il tempo necessario.

Edwin aveva trentadue anni e l'abitudine consolidata, fin dall'adolescenza, di cominciare la giornata ben prima dell'alba, quando tutto era

5

ancora silenzioso e il mondo sembrava non pretendere nulla da lui. Grazie a un sano allenamento che aveva mantenuto dagli anni in cui era quasi diventato un giocatore professionista di baseball, conservava la sua figura snella e le spalle dritte, come se volesse compensare con la postura il peso che portava dentro di sé. I capelli castani gli ricadevano sempre un po' troppo lunghi sulla fronte e, nonostante il tentativo quotidiano di tenerli in ordine, finivano per scompigliarsi di nuovo. Un po' come tutto il resto nella sua vita.

I suoi occhi, di un caldo colore nocciola, possedevano quella luce quieta di chi osserva il mondo intorno a sé più di quanto abbia voglia di conversare. C'era gentilezza nel suo sguardo, ma anche una malinconia persistente, una stanchezza sottile che non proveniva dalla pressione del lavoro, bensì da un luogo più profondo, più intimo.

Intanto, sui banchi di legno intorno a lui, giorno dopo giorno, si accumulavano decine di pacchi. Alcuni recavano biglietti scritti a mano: *"Un pensiero per te, con affetto"*, *"Non aprire prima di Natale"*, *"Tanti auguri, amore mio"*. Era sempre interessante tentare di determinare la personalità del mittente e del destinatario e anche il rapporto che intercorreva tra loro.

Ogni volta che li scorreva, anche distrattamente, Edwin sentiva un piccolo nodo stringergli la gola. Quelle erano le vite degli altri, le loro attese, i loro affetti impacchettati con cura. Lui era solo il tramite.

Sospirò, scosse la testa e tornò a concentrarsi sulla lista delle consegne. Non poteva permettersi distrazioni, non aveva tempo da perdere! Si sentiva già abbastanza sotto pressione per le scadenze incombenti.

«Mancano ancora le spedizioni per le aree confinanti con Pine Hollow, Red Valley e Meadow Creek», mormorò tra sé, tracciando righe ordinate sul tablet. «Dannazione, ci devo riuscire! A qualunque costo.»

La Vigilia di Natale era tra quattro giorni e il carico di lavoro sembrava crescere di ora in ora, senza tregua. Come se ogni cittadino di Aspen Creek contasse su di lui per far arrivare regali e pacchi a destinazione, anche nei ranch più isolati della zona, anche dove il segnale del cellulare spariva e le strade rischiavano di diventare lastroni di ghiaccio.

"Edwin ce la fa sempre", dicevano tutti in città. "Affidare una consegna a Edwin è una certezza. Edwin non delude mai!"

Solo lui sapeva quanta fatica e quanto stress gli costasse quella "fama" che si era costruito negli anni.

La campanella sopra la porta suonò e Tyler, il suo giovane aiutante, entrò, massaggiandosi le braccia per scaldarsi.

«Accidenti, fa un freddo terribile!» sbuffò, battendo i piedi sul pavimento per scrollarsi la neve dagli stivali. Poi si tolse il cappello di lana, passandosi una mano tra i capelli biondi. «Hai sentito le previsioni, Ed? Dicono che sta per arrivare la tempesta dell'anno. Anzi, degli ultimi anni. Forse addirittura del secolo.»

Edwin gli rivolse un mezzo sorriso, quello che usava sempre per smorzare la tensione.

«Sì, ho sentito, ma non ti preoccupare. Lo sai che dicono sempre così, ogni anno in questo periodo. E ogni volta esagerano.»

«Lo so, ma questa volta lo dicono proprio tutti», insistette Tyler, soffiandosi sulle mani. «Mia nonna ha messo le coperte extra sui letti. Se anche lei si prepara, vuol dire che sarà tosta. Di solito non sbaglia mai! E anche la mia spalla forse sta preannunciando qualcosa, oggi mi dà più fastidio del solito.»

«Allora, devi smettere di fare sforzi, Tyler, altrimenti non guarirai mai! È questo che sta cercando di comunicarti. Ascolta la tua spalla, se non vuoi ubbidire al dottore.»

Tyler Johnston, nonostante la giovane età, era un valido aiutante, per lui. Però, malauguratamente, si era infortunato durante il suo ultimo allenamento di football. Nonostante il ragazzo sottovalutasse la situazione, Edwin non avrebbe mai voluto che si procurasse ulteriori danni.

«È stato solo uno stiramento. Non mi fermerò di certo per questo. La mia spalla non ha voce in capitolo, deve imparare a ubbidire e smettere di lamentarsi.»

Edwin forzò un sorriso, ma in fondo al petto l'ansia prese forma, diventando via via più pressante. Tyler era un ragazzo forte e volenteroso, ma di certo non poteva mettere a rischio la sua salute. In ogni caso, non era solo la tempesta a preoccuparlo, ma soprattutto il pensiero di non riuscire a consegnare tutto. Di deludere qualcuno. Detestava l'idea di deludere le persone che si fidavano di lui.

Era sempre stato così, nella sua vita: il dovere prima di tutto.

Il lavoro era stato il suo rifugio principale dopo la fine della relazione con Marvin, tre anni prima. Quando l'uomo che aveva amato per quasi un decennio aveva deciso che la vita in una cittadina di montagna non faceva più per lui, Edwin non aveva lottato per trattenerlo. Non aveva urlato né supplicato, anche perché sapeva bene che sarebbe stato imbarazzante e, soprattutto, inutile. Si era semplicemente chiuso, come una finestra di fronte a una bufera. E, semplicemente, aveva accettato la sua scelta e lo aveva lasciato andare. Per poi scoprire che Marvin, prima ancora di trasferirsi definitivamente a Las Vegas per lanciarsi nell'apertura di una nuova attività nel campo della ristorazione, lo manipolava e lo tradiva già da diverso tempo con colui che poi sarebbe diventato il suo nuovo compagno di vita e di lavoro. Quello di Marvin, in effetti, era stato un abbandono pianificato, stava solo aspettando di poter prendere tutto il possibile, da lui.

Da allora, il lavoro era diventato ancora di più la sua corazza, la sua casa. La sua salvezza. Non era stato comunque facile arrendersi di fronte alla realtà, ma ormai non fare più affidamento sulle persone e sulle relazioni era diventato parte del suo modo di affrontare la vita, giorno dopo giorno.

La giornata, intanto, procedeva in un vortice di movimenti, quasi senza interruzione: il furgone da caricare, le consegne da effettuare, i pacchi da registrare, le chiamate da gestire. Fuori, la neve cominciava a cadere lenta ma sempre più fitta, in un processo inarrestabile che non gli avrebbe concesso di recuperare il tempo perduto.

Tyler lo aveva aiutato per qualche ora con la registrazione delle consegne, ma poi Edwin lo aveva quasi obbligato ad andare a casa a riposare. Il ragazzo si era lamentato, ma Edwin non voleva assolutamente rischiare che si facesse male e compromettesse la sua guarigione.

Verso mezzogiorno, Madyson Thornton, la sindaca di Aspen Creek, fece capolino nell'ufficio della "Aspen Creek Deliveries". Era una donna allegra ed energica, quel giorno indossava un cappotto rosso acceso e un cappello di lana, dello stesso colore, con un pompon enorme, frutto della sua passione per il lavoro a maglia. Il suo abbigliamento era sempre piuttosto eccentrico, in estate e in inverno, tanto che non passava mai inosservata.

«Edwin, caro!» esclamò, portando con sé una folata d'aria gelida e il profumo di biscotti alla cannella, di cui era golosissima. «Sei già al limite, vero? Ho parlato con tua madre ieri sera, al nostro corso di maglia e uncinetto. Janet è davvero preoccupata per te, dice che finirai per ammalarti se vai avanti così. Insomma, non hai tempo nemmeno per risponderle al telefono!»

Edwin sorrise e alzò gli occhi al cielo, tirandosi su le maniche. Inutile negare l'evidenza. Anche perché contro il corso di maglia e uncinetto frequentato da sua madre e da Madyson, non aveva scampo.

«Sì, Madyson, sono abbastanza vicino al limite. Ma ce la faremo, come sempre. Non ti preoccupare, io sto a meraviglia! Mia madre sta esagerando, come sempre. Io rispondo al telefono, comunque.»

Madyson lo guardò con quella sua espressione che mescolava affetto e preoccupazione.

«Lo so che ce la farai e so anche che non ti risparmi mai. Ma non puoi fare tutto da solo, figliolo. Soprattutto questa volta e con Tyler infortunato. E poi, c'è anche la tempesta in arrivo, serviranno braccia robuste e in perfetta salute. Quindi chiederò a qualcuno di darti una mano.»

«A qualcuno?»

Edwin sollevò un sopracciglio. Perché la gente aveva sempre il vizio di immischiarsi? Era perfettamente in grado di svolgere il suo lavoro da solo! Lo faceva da anni, ormai.

«Esattamente, caro.»

Madyson annuì con espressione furba, era brava a tenere le persone sulle spine. Lo stava incuriosendo, nonostante tutto. Tanto che si vide costretto a cedere.

«E va bene! A chi?»

«A Chase Lewis. Lo conosci, vero?»

Il nome risuonò nella sua mente come un colpo di vento. Certo, Edwin lo conosceva di vista. Del resto, chi non conosceva Chase Lewis ad Aspen Creek? Era il proprietario del ranch "Silver Pine", un uomo un po' rude, di poche parole e di molte azioni. Ma era anche uno che stava sulle sue, prevalentemente, e non si faceva vedere spesso in città. Qualcuno lo definiva "l'eroe solitario" dopo che l'anno prima aveva salvato due ragazzini rimasti intrappolati nel fiume ghiacciato, rischiando di morire assiderati. Altri, invece, lo trovavano un tipo difficile, testardo e perennemente imbronciato. Uno che non amava particolarmente avere a che fare con le altre persone, in modo da non sentirsi costretto a giustificare le sue scelte, e se ne teneva distante, considerato che il ranch era la sua vita e sembrava infischiarsene di tutto il resto.

In un certo senso, Edwin poteva capirlo. Ultimamente, anche per lui era lo stesso. Il lavoro era tutto, il fulcro intorno a cui ruotava la sua intera esistenza. Non aveva né tempo né voglia per altro.

«Io ti ringrazio, ma non credo sia necessario…»

Non osava ammetterlo con Madyson, ma l'idea di avere a che fare con quell'uomo attraente ma introverso lo faceva sentire a disagio. Ed Edwin detestava sentirsi a disagio. Per lui era come un segnale d'allarme, una sensazione di "pericolo" in cui non voleva sprofondare di nuovo.

Edwin avrebbe voluto fare del suo meglio per dissuadere la sindaca, ma lei lo zittì all'istante, con un gesto della mano.

«Non accetto obiezioni. Chase arriverà qui in città per alcuni rifornimenti per il suo ranch e ha già detto che dovrà tornare spesso nel corso dei prossimi giorni. Ti servirà sicuramente aiuto quando le strade si bloccheranno, fidati. E lui, oltre a essere molto forte fisicamente, sa bene come affrontare le tempeste di neve.»

«Cosa ti fa pensare che Chase Lewis accetterà di aiutarmi?»

«Il fatto che di solito cerca di dare una mano quando qualcuno è in difficoltà. È un bravo ragazzo. Fidati, io lo conosco da tanto tempo.»

Edwin annuì, più per cortesia che per convinzione. Non amava delegare, non amava dover contare su qualcuno. Troppo spesso le persone gli avevano promesso di aiutarlo e poi si erano tirate indietro ed erano andate via, abbandonandolo al suo destino. E la sensazione lo aveva fatto sentire avvilito e frustrato, ogni volta di più. Così la sua sfiducia nei confronti del prossimo era cresciuta a dismisura.

Quando la sera calò su Aspen Creek, la neve aveva ormai coperto tutto come una trapunta bianca e silenziosa. Le luci natalizie delle case tremolavano tra i fiocchi, e il suono lontano di una radio trasmetteva vecchie canzoni natalizie, riproposte regolarmente ogni anno nello stesso periodo.

Edwin, verso le dieci di sera, chiuse la saracinesca del magazzino e rimase un attimo immobile sulla soglia, con le mani in tasca e il fiato che si condensava nell'aria. La cittadina di Aspen Creek, a quell'ora, era talmente tranquilla da sembrare addormentata. Solo il rumore intenso del vento spezzava la quiete.

Guardò la strada deserta e si chiese, per un attimo, come sarebbe stato tornare a casa e trovare qualcuno ad aspettarlo. Qualcuno che gli dicesse:

"Lascia perdere il lavoro adesso, vieni qui, raccontami la tua giornata."

Sbuffò e scosse la testa, quasi irritato dalla direzione che avevano preso i suoi pensieri. Perché lo riportavano direttamente a Marvin e al suo tradimento, alla pianificazione di una nuova vita in cui aveva pensato bene di non coinvolgerlo. La solitudine era molto più semplice, dal punto di vista di Edwin, soprattutto molto più sicura.

Ma quando chiuse a chiave il cancello d'ingresso e si preparò a salire sul suo vecchio pick-up, percepì il suono di una notifica proveniente dal suo cellulare. Lo cercò nella tasca della giacca e lo aprì, era un messaggio di Madyson.

"Domani mattina ti manderò Chase Lewis. Non discutere, lasciati aiutare per una volta! Buona notte, caro. M."

Edwin sospirò e ripose il cellulare nella giacca. E va bene, non avrebbe discusso. Tanto sarebbe stato del tutto inutile con Madyson Thornton, la conosceva troppo bene. Fin da quando era bambino, essendo una vecchia amica di sua madre.

Il cielo sopra Aspen Creek, intanto, si era oscurato del tutto, e la prima vera tempesta di neve dell'inverno si stava avvicinando all'orizzonte. La nonna di Tyler aveva ragione, quest'anno sarebbe stata peggiore rispetto agli anni precedenti. Ma bisognava affrontarla, in qualche modo.

In fondo, Edwin se lo sentiva: non era solo la neve a essere in arrivo. Era qualcosa, o qualcuno, destinato a sconvolgere l'ordine perfetto della sua esistenza o, meglio, della sua ripetitiva quotidianità. Se lui glielo avesse permesso.

CAPITOLO 2

La neve era caduta tutta la notte, soffice ma insistente, fino quasi a nascondere del tutto i vialetti, i cancelli e le cassette della posta dei dintorni di Aspen Creek sotto un manto immacolato. Il silenzio del mattino era interrotto solo dallo scricchiolio degli stivali che affondavano nella neve e dal respiro caldo dei cavalli, che sbuffavano nuvole di vapore nel freddo tagliente.

Chase Lewis si passò una mano sul mento e sulla barba ruvida, guardando il cielo che, ne era sicuro, prometteva altra neve. Altra neve che sarebbe stata più intensa, più persistente. Non avrebbe concesso molto scampo, se non quello di rassegnarsi e restare rintanati, in attesa che smettesse. Il vento gli pungeva il viso, ma a tutto questo lui era abituato. Come ormai era abituato a capire e interpretare le condizioni atmosferiche che avrebbero preso il sopravvento in quella zona del Wyoming.

Il gelo, per Chase, non era un nemico da combattere, ma una vecchia conoscenza con cui aveva stipulato una sorta di patto. Era nato e cresciuto in quella terra aspra, tra recinzioni da sistemare e campi ghiacciati. Così, in trentacinque anni di vita, aveva imparato che la natura non si controlla, ma si asseconda. Solo in questo modo era possibile riuscire a conviverci e a volte addirittura a imparare qualcosa di utile.

Il ranch di sua proprietà, il "Silver Pine", si estendeva di fronte a lui e alle sue spalle. Si trattava di un ampio territorio di pascoli e di boschi di conifere, con una splendida residenza in mattoni, rivestita di legno color noce, e un grande fienile dal tetto rosso. Era la casa che da sempre era appartenuta ai suoi genitori, morti in un incidente d'auto circa quindici anni prima, quando lui era ancora un ragazzo. Così, oltre alla proprietà, gli avevano lasciato anche un'eredità di debiti e responsabilità che prima aveva sempre sottovalutato e lasciato che fossero altri a gestire. Da allora, Chase aveva lavorato duramente per rimettere in piedi tutto quanto: gli animali, le strutture, ma soprattutto il suo equilibrio e la sua stabilità emotiva. Allo stesso tempo, aveva lavorato molto anche su se stesso, per capire chi fosse e cosa volesse dalla vita.

Anche fisicamente, era diventato l'immagine stessa della stabilità. O, per meglio dire, della solidità: molto alto e robusto, con le spalle larghe, le mani grandi e forti, il volto squadrato e segnato da piccole rughe agli angoli degli occhi grigio acciaio. Aveva preso il passo di chi ormai è abituato a camminare con disinvoltura tra il fango e la neve, con la voce profonda, leggermente roca, di chi ha imparato a parlare poco, solo quando è necessario spezzare il silenzio.

Però, sotto quel suo aspetto da uomo di frontiera, persisteva in lui una tristezza discreta che solo chi lo conosceva bene riusciva a percepire. Da quasi un anno, Chase viveva da solo. Dopo la partenza di Davis, il compagno con cui aveva condiviso quattro inverni e forse fin troppi sogni, non aveva più aperto il cuore a nessuno. Si era esposto eccessivamente, con quell'uomo, come non gli era mai accaduto prima. Soltanto in seguito se n'era reso conto, quando ormai era troppo tardi e non restava altro da fare che tentare di rimarginare le ferite il più velocemente possibile.

Davis Cooke, nonostante le rassicurazioni iniziali, alla fine non aveva sopportato la solitudine del ranch, i lunghi silenzi, le giornate scandite dal lavoro fisico, dal vento e dalla neve. In ogni caso, era sempre stato troppo ambizioso per restare e adeguarsi alla vita nella cittadina in cui era nato e cresciuto. Voleva diventare partner di un grande studio legale e, restando ad Aspen Creek, non ci sarebbe mai riuscito.

Così, gli aveva dato una sorta di "ultimatum", soprattutto aveva messo in chiaro che non avrebbe resistito un altro inverno a "Silver Pine".

«Mi dispiace, Chase, ma non posso più restare qui. Ti amo, lo sai, ma rischio di impazzire se rimango isolato dal resto del mondo. Qui non riuscirò mai a dare una vera svolta alla mia carriera.» Sospirando, aveva scosso la testa. E Chase aveva compreso che non avrebbe cambiato idea e che non sarebbe riuscito a trattenerlo. «Quindi o lasci questo posto e vieni con me, oppure...»

Oppure è finita. Davis aveva lasciato la frase in sospeso, ma il senso era proprio quello. Chase lo aveva afferrato subito, senza restarne troppo sconvolto. Forse, in fin dei conti, se lo aspettava. Sapeva che sarebbe accaduto, prima o poi. Lui e Davis erano caratterialmente troppo diversi, avevano ideali diversi, prospettive e aspirazioni diverse. E la passione non sarebbe mai stata sufficiente a rinsaldare il loro legame.

Così era davvero finita, tra loro, una volta per tutte. Senza ulteriori inutili parole. Senza ripensamenti, da parte di Chase. "Silver Pine" era parte di lui, e Davis non lo aveva capito. Imporgli una scelta equivaleva a distruggerlo.

Da allora Chase, nonostante il cuore spezzato, aveva imparato a bastarsi. O almeno, così diceva a sé stesso. Si era fidato di Davis, nonostante tutto. Non avrebbe ripetuto l'errore. Per questo non negava a se stesso un'avventura ogni tanto, ma per un sentimento vero non aveva più tempo. E nemmeno spazio.

Quella mattina, dopo essersi infilato il giaccone pesante e aver caricato sul suo furgone un paio di catene da neve, ricevette la chiamata di Madyson Thornton, la vivace sindaca di Aspen Creek, che cercava sempre una soluzione per tutto e per tutti. Per lei era come una sorta di missione fare in modo che le persone che aveva intorno stessero bene e fossero felici. Con lui ci aveva provato un'infinità di volte; detestava il fatto che si stesse isolando sempre di più, soprattutto negli ultimi anni.

Seduto al volante, si decise a rispondere, pur sapendo che Madyson gli avrebbe quasi sicuramente rifilato qualcosa di cui occuparsi. Non era la prima volta che accadeva e lui, nel limite del possibile, cercava di accontentarla. C'era da dire che lei era bravissima nell'impresa di smuovere la sua coscienza e fargli sentire che il suo aiuto era necessario. Anzi, indispensabile.

«Chase, caro, come stai?»

«Sto come al solito, Madyson. Bene, direi.»

«Perfetto! Mi servirebbe un favore. Grande.» La voce allegra di Madyson risuonava con la sicurezza di chi non avrebbe accettato un no come risposta. Nulla di nuovo. «Anzi no, enorme!»

Eccola, come sempre! Chase sospirò mentre si preparava a inventarsi tutte le scuse possibili. Si era già fatto un bell'elenco mentale che corrispondeva, più o meno, alla verità. Anche se i suoi dipendenti si sarebbero occupati di gran parte del lavoro, era come sempre tutto pianificato nei minimi dettagli.

«Madyson, sto per uscire a dare da mangiare ai cavalli. Ed è solo l'inizio, oggi non avrò tempo nemmeno per respirare, mi dispiace. Devo anche pulire la stalla, rivedere la contabilità, sistemare i rifornimenti. Ma ti prometto che la prossima volta...»

«La prossima volta non ha importanza. Io ho bisogno oggi.» Lo interruppe lei, senza esitazione. «Si tratta di Edwin Parker, ha davvero un disperato bisogno di aiuto, anche se si rifiuta di ammetterlo. La tempesta sta peggiorando e lui ha una montagna di pacchi da consegnare per la "Aspen Creek Deliveries". Non ce la farà mai senza un ulteriore sostegno.»

Chase sospirò, inclinando il capo verso il finestrino. Dal vetro appannato vide il paesaggio sfocato di pini e neve. Ecco, una nuova missione per Madyson Thornton. E di certo, conoscendola, non ci avrebbe rinunciato.

Edwin Parker, aveva detto? Lo conosceva di vista e, comunque, ne aveva sentito parlare. In città lo descrivevano come un tipo fin troppo serio, preciso, "il ragazzo che porta a tutti il Natale". Un degno sostituto di Babbo Natale, insomma, anche se decisamente più giovane e più... sì, insomma, meglio non pensarci e non perdersi in idee strane!

Conosceva le preferenze di Edwin Parker, ma non gli sembrava affatto il tipo da una botta e via. Meglio accantonare il pensiero, quindi, perché lui non cercava altro, al momento, se non un po' di sano divertimento con chiunque gli capitasse. A questo punto doveva tentare di dissuadere Madyson dal suo intento, qualunque esso fosse, reale o presunto.

«Non mi sembra il tipo che accetta facilmente aiuto.» Ecco, solo per non usare parole troppo volgari.

«Lo so bene, per questo motivo ho pensato a te. Tu sei l'unico abbastanza testardo e determinato da non farti mandare a quel paese!» ribatté Madyson, divertita. Evidentemente per lei aiutare Edwin

Parker era diventata una nuova sfida, la conosceva piuttosto bene, ormai.

«Ah, grazie del pensiero allora!» Chase sbuffò, alzando gli occhi al cielo. «È incoraggiante sapere in anticipo cosa mi aspetta, cioè di essere mandato aff...»

«Di nulla, caro.» Madyson lo interruppe, ridendo soddisfatta. Chissà cosa le passava per la testa. Forse, alla fine, voleva solo aiutare quel ragazzo, nient'altro. «Presentati da lui in mattinata. Io gli ho detto che sarai in città per dei rifornimenti per il ranch. E sii gentile, per quanto possibile.»

«Lo sai che "gentile" non è il mio forte.»

«Allora fingi. Ti riesce benissimo, quando vuoi.»

Così dicendo, Madyson terminò la chiamata senza nemmeno dargli il tempo di rifiutare la "gentile richiesta" o aggiungere altro. Chase restò per un momento in silenzio, poi scoppiò a ridere, scuotendo la testa.

«E va bene, Edwin Parker, a quanto pare non ho scelta. Vediamo che tipo sei davvero. Magari alla fine ci riuscirò a scioglierti un po'!»

CAPITOLO 3

Quando il furgone di Chase si fermò davanti all'insegna della "Aspen Creek Deliveries", era quasi mezzogiorno. Le strade erano ancora percorribili, ma il parabrezza era coperto da uno strato di ghiaccio che aveva dovuto grattare via più volte lungo il tragitto per evitare che diventasse sempre più spesso.

Entrando nell'edificio e superando la porta del magazzino che fungeva anche da ufficio, fu accolto da un'ondata di calore e dal profumo di caffè mescolato a quello del cartone degli imballaggi. Il fulcro della "Aspen Creek Deliveries" si trovava in uno stato di totale caos, ma era comunque straordinariamente ordinato: scaffali pieni di pacchi, nastri adesivi sparsi un po' ovunque, una stufetta che scoppiettava nell'angolo.

Più o meno al centro, con le maniche rimboccate e la fronte imperlata di sudore, colui che riconobbe come Edwin Parker stava cercando di spostare uno scatolone forse un po' troppo pesante per la sua corporatura. Tanto che anche lui avrebbe avuto qualche difficoltà.

Chase si fermò sulla soglia, osservandolo per alcuni secondi. Edwin era talmente indaffarato da non accorgersi nemmeno del suo arrivo, nonostante il breve suono della campanella appesa sopra l'ingresso. Benché lo avesse già visto in giro qualche volta, ora si rendeva conto che Edwin Parker era diverso da come lo aveva immaginato. Forse più fragile, ma al tempo stesso anche più deciso. I capelli castani gli cadevano sulla fronte in ciocche disordinate, e il suo sguardo concentrato aveva una delicatezza che contrastava con la fatica evidente nel tentativo di trasportare lo scatolone. C'era qualcosa di sorprendente in quell'uomo, una sorta di dinamicità e di armonia che non sapeva descrivere né classificare. Forse era solo così, semplicemente lui.

«Ehi...» Chase si decise infine a manifestare la propria presenza, con la sua voce profonda. «Così rischi di spezzarti la schiena inutilmente.»

Edwin si voltò di scatto, reggendo lo scatolone tra le mani.

«Ce la posso fare, sono abituato!» Strinse gli occhi su di lui, forse nel tentativo di riconoscerlo. «Scusi, ma chi...»

«Sono Chase Lewis.» Si avvicinò deciso e gli tese la mano, forzando un sorriso. «Madyson Thornton mi ha mandato. Sembra che tu abbia urgente bisogno di aiuto. E, a quanto vedo, non ha tutti i torti.»

Edwin esitò un attimo, poi abbandonò lo scatolone sul bancone e gli strinse la mano. La pelle di Chase era ruvida, calda e il contatto tra loro durò un istante in più del necessario.

«Io non avevo chiesto nessuno, in realtà.»

«Lo avevo immaginato. Ma Madyson non mi è sembrata della stessa opinione.» Chase sorrise, un sorriso ironico ma non ostile. «E comunque, non ci vedo nulla di male a farsi dare una mano.»

Edwin lo scrutò da capo a piedi, il suo fisico imponente non poteva di certo passare inosservato. Nell'insieme, Chase Lewis era un tipo sorprendente, con il suo giaccone nero, i jeans sporchi di fango, la barba di due giorni, il cappello da cowboy calato sui capelli scuri e quegli intensi occhi grigi che sembravano leggere dentro chi aveva di fronte. Anche fin troppo, per i suoi gusti. Era l'esatto opposto del suo mondo fatto di ordine, etichette e tabelle di consegna.

«Ti ringrazio, ma il punto è che qui io faccio tutto in un certo modo, seguendo un procedimento specifico. Per questo preferisco lavorare da solo. O con qualcuno che rispetta le mie disposizioni», rispose infine Edwin, rassegnandosi a dover fornire spiegazioni riguardanti il suo lavoro al nuovo arrivato. Che per lui era un perfetto estraneo. Pur apprezzando la buona volontà nel volerlo aiutare, doveva cercare di dissuaderlo, in un modo o nell'altro, di scoraggiarlo. «Le consegne devono seguire un ordine preciso; ci sono orari da rispettare, firme da raccogliere... Insomma, è davvero complicato da spiegare, quindi forse è meglio che...»

«Ho capito.» Chase lo interruppe, forse un po' troppo bruscamente, e corrucciò la fronte, guardandosi intorno. «Procedimento, ordine, è complicato... Nessun problema, tu ti occupi degli orari, delle firme, di tutte le tue complicazioni, io delle strade, dei carichi e delle consegne. Preferisco il lavoro manuale, comunque. Pensare troppo è estremamente faticoso, può diventare nocivo per la salute.»

Edwin sembrò restio ad accogliere favorevolmente l'atteggiamento sbrigativo e risoluto di Chase Lewis. E poi, cosa intendeva con "pensare è estremamente faticoso"? Lo stava prendendo in giro? Perché la sensazione era proprio questa.

Poteva ribellarsi alla sua presenza? A quell'invasione indesiderata che, ormai, non avrebbe potuto respingere? Forse no, ma forse convincerlo a desistere di sua iniziativa non sarebbe stata una cattiva idea.

«Ecco, in realtà... non funziona proprio così.»

«Non ancora.» Chase strinse le labbra in una smorfia e gli lanciò un'occhiata divertita. «Ma lo faremo funzionare. Ti sorprenderai.»

CAPITOLO 4

La mattinata scivolò via tra pacchi, freddo e piccoli contrasti riguardanti l'organizzazione e la gestione del lavoro.

Chase, abituato alla concretezza del lavoro manuale, sollevava e caricava scatoloni con incredibile energia e destrezza, muovendosi con la sicurezza istintiva di chi era da sempre abituato al lavoro fisico. Edwin, invece, seguiva ogni passaggio con un'attenzione quasi maniacale, controllando etichette, liste e destinazioni.

«La precisione della tua calligrafia è sorprendente, Parker. Hai fatto una scuola per imparare a scrivere così?» Chase gettò un'occhiata ammirata alle note sul suo taccuino. «Ti sorprenderà sapere che il mondo non crolla se una riga non è dritta o se sbordi dagli argini.»

«Tu, invece, ti sorprenderesti di sapere quanto tutto diventi più semplice quando ogni riga è dritta e gli argini ben delineati. L'ordine è importante, detesterei non capire la mia calligrafia una volta che ho dimenticato cosa ho scritto.»

Edwin non sollevò nemmeno lo sguardo. Forse aveva esagerato e lui se l'era presa.

Chase, invece, stava ridendo. Una risata bassa e piena che rimbombò tra le pareti del magazzino. Non si sarebbe di certo lasciato intimorire da un tipo troppo preciso e troppo ordinato. Uno come Edwin Parker, insomma.

«Mi piaci, Parker. Hai grinta, anche se sembri il tipo che chiede scusa di esistere anche ai muri.» Cosa stava facendo? Ci stava provando? Ma sì, in fondo cosa aveva da perdere. Alla peggio, lo avrebbe mandato al diavolo. «Sei un tipo tosto, per quello che fai. Non è da tutti.»

Edwin arrossì appena, senza rispondere. Dentro di sé, però, provò un'emozione inattesa e soprattutto contrastante: fastidio e, al tempo stesso, curiosità. L'atteggiamento rude e troppo sbrigativo di Chase lo irritava, ma il suo modo di fare lo metteva anche a suo agio in un modo insolito, quasi disarmante. In ogni caso, preferiva non dargli troppa confidenza. Accettava la sua presenza soltanto perché era stata Madyson a mandarlo da lui e gli sembrava scortese respingere il suo aiuto. E perché, era costretto ad ammetterlo, la loro strana collaborazione sembrava funzionare visto che i tempi di consegna si erano notevolmente velocizzati e ridotti.

Nel pomeriggio, come c'era da aspettarsi, la tempesta cominciò a intensificarsi. I fiocchi di neve iniziarono a cadere più fitti, e il vento fece quasi tremare i vetri delle finestre. Chase si affacciò alla porta, fischiando piano.

«Se continua così, tra un'ora non si vedrà più la strada. A questo punto, credo sia meglio portarci avanti con le consegne più vicine e poi aspettare che...»

«Non possiamo fermarci!» Edwin scosse la testa, convinto. Non avrebbe sentito ragioni. «Ho ancora tredici consegne urgenti in programma per oggi, e le persone contano su di me. Tu ovviamente puoi andare, avrai anche i tuoi affari da sbrigare.»

«Le persone possono anche aspettare. Tu non sei Babbo Natale e non sei pagato abbastanza per le missioni impossibili.»

«Questo è vero, ma cerco comunque di portare a termine i miei incarichi e di rispettare le scadenze.» Edwin lo guardò serio. «Forse tu non puoi capire. La fiducia è tutto, è come se ci fosse un patto tra me e le persone che mi affidano le loro consegne. Se smetto di fare il mio lavoro, non perdo solo clienti. Perdo il rispetto.»

Chase sospirò e rimase in silenzio. Dietro a quella dannata testardaggine ebbe la netta sensazione di vedere altro: la paura. La paura di deludere, la paura di non essere abbastanza per le persone che aveva intorno e anche per se stesso. Una sensazione che conosceva fin troppo bene e che spesso lo aveva fatto sentire inadeguato. Come quando, a vent'anni, si era ritrovato a gestire il ranch da solo. Per fortuna i suoi collaboratori si erano sempre dimostrati all'altezza della sua fiducia.

«E va bene, Parker», disse infine, sistemandosi bene il cappello nero da cowboy e allacciandosi il giaccone. «Allora diamoci una mossa e usciamo, cerchiamo di portare a destinazione tutte le tue tredici consegne. Ma questa volta prendiamo il mio furgone. È fatto per questo inferno di neve. Guido io, ovviamente. Non lascio le "missioni" a metà!»

Edwin esitò, ma poi annuì. Forse Chase Lewis lo aveva capito. In ogni caso era ancora disposto ad aiutarlo e ad assecondare la sua "follia" nel voler rispettare gli impegni presi. Non era da tutti.

«Ti ringrazio.»

Fuori, il vento li accolse con una sferzata gelida. Caricarono rapidamente, poi salirono sul mezzo e il rumore del motore spezzò il silenzio bianco della strada. Man mano che avanzavano, Aspen Creek si faceva sempre più evanescente intorno a loro, quasi inghiottita dalla tormenta.

Nel silenzio ovattato dell'abitacolo, Edwin fissava il paesaggio invisibile oltre il parabrezza. Chase guidava con calma, le grandi mani ferme sul volante. Ogni tanto lo scrutava di sottecchi, notando come l'altro si mordesse il labbro quando era teso, o stringesse il thermos di caffè come un'ancora di salvezza a cui aggrapparsi per non esporsi troppo.

«Ti sei mai fermato, Parker?» chiese infine, rompendo il silenzio quasi innaturale che si era creato anche tra loro, non solo nell'ambiente che li circondava. «Intendo, davvero fermato. Non per mangiare, dormire, andare al cesso, lavarti e fare le solite cose.»

Edwin corrucciò la fronte, poi gli lanciò un'occhiata sghemba.

«Ho capito cosa intendi. Ma non credo di sapere come si fa. Quindi, suppongo che la risposta alla tua domanda sia no, non mi sono mai fermato.»

Chase sorrise, ma c'era un velo di malinconia nel suo sguardo fin troppo assorto sulla strada che stavano percorrendo.

«Lo immaginavo. Nemmeno io.»

«L'avevo intuito.»

Quando tornarono al magazzino dopo essere riusciti ad effettuare tutte le consegne in programma, la bufera si era ormai avviata verso un punto di non ritorno. I fiocchi di neve cadevano così fitti da cancellare il mondo circostante, e l'aria aveva quell'odore tipico di freddo, di ghiaccio.

Edwin scese dal furgone per aprire e poi richiudere il cancello che stava sbattendo sempre più forte a causa del vento. Chase scese a sua volta, gli posò una mano sulla spalla, forte ma gentile.

«Credo che sia davvero ora di smettere con il lavoro. Abbiamo completato la nostra missione, per oggi. Dovresti essere orgoglioso di te stesso, hai reso felici tante persone.»

Edwin si voltò verso di lui e, per un istante, i loro sguardi si incrociarono. Quegli occhi color grigio acciaio riflettevano una luce intensa, quasi ammaliante. Sentì qualcosa muoversi dentro di sé, una crepa sottile nel muro spesso che si era costruito intorno. Una sensazione che però si sforzò di rimuovere, di ignorare.

«Sì, hai ragione. Registriamo le ultime consegne in magazzino, poi andiamo a casa.» Si morse le labbra, accennando un sorriso. «Anzi, tu puoi già andare. Ti ringrazio per l'aiuto, ammetto che non ce l'avrei mai fatta da solo. Qui posso cavarmela senza problemi, adesso.»

«Figurati! Mi sono divertito, in fondo, è stata una cosa nuova per me. Comunque, non ha importanza, ti aspetto, così ti do una mano a chiudere il cancello, in caso di bisogno.» Chase sospirò, sembrava sul punto di aggiungere altro, ma invece si trattenne.

Edwin iniziò a sentirsi sempre più confuso. Forse era soltanto il freddo oppure la stanchezza. O magari la riconoscenza nei suoi confronti, per averlo supportato e assecondato. O forse poteva essere l'inizio di qualcosa che non sapeva e di sicuro non voleva ancora nominare. In ogni caso, aveva timore di dare una direzione troppo netta alle sue sensazioni. Quindi preferiva continuare ad allontanarle da sé, a respingerle con tutte le sue forze.

Mentre la porta del magazzino si richiudeva alle loro spalle, fuori il vento ululava sempre più forte, come un richiamo che in pochi sarebbero stati in grado di interpretare.

Edwin e Chase non ne erano ancora consapevoli, ma la tempesta, fuori e dentro di loro, era appena cominciata.

CAPITOLO 5

Il vento urlava dall'esterno, sempre più forte, spingendo la neve contro le finestre del magazzino con una furia quasi feroce e implacabile.

La tempesta prevista alla fine era arrivata davvero, ancora più intensa e dirompente di quanto chiunque ad Aspen Creek avesse immaginato. Le strade erano ormai diventate invisibili, i lampioni sommersi da fiocchi fitti che cadevano a terra come piume impazzite.

All'interno della "Aspen Creek Deliveries", il tempo sembrava essersi all'improvviso fermato. Il ticchettio dell'orologio a parete si mescolava con il ronzio stanco del generatore di emergenza, che sputava un fumo sottile dal retro. Le luci, ogni tanto, tremolavano come se anche loro fossero sull'orlo della resa.

Edwin e Chase non avevano impiegato molto a comprendere di essere bloccati lì, almeno momentaneamente. Anzi, appena entrati, la situazione era diventata immediatamente chiara. Quindi, dopo la frustrazione iniziale, non avevano potuto fare altro che rassegnarsi e aspettare che la bufera si placasse, almeno un po', prima di poter cercare una soluzione alternativa.

Edwin si era sistemato su una sedia accanto al termosifone e tratteneva le mani intorno a una tazza di tè fumante. Il vapore gli velava il viso mentre guardava la neve fuori dalla finestra e cercava di non pensare troppo alla sensazione di disagio che provava in quel momento. Detestava l'idea di essere bloccato contro la sua volontà di andarsene, di sparire. Ancora più frustrante era la consapevolezza che Chase fosse rimasto incastrato lì con lui perché aveva deciso di aiutarlo.

La sua mente correva comunque, instancabile come sempre, anche perché aveva bisogno di distrarsi dalle sensazioni che, suo malgrado, aveva iniziato a provare. Anzi, che temeva di iniziare a provare. Quindi preferiva concentrarsi sul numero di pacchi rimasti da consegnare nel giro delle prossime ore e dei prossimi giorni. Poi sulle persone che rischiavano di svegliarsi la mattina di Natale senza il regalo desiderato. Infine, pensava ai suoi clienti che, forse, dopo questa volta avrebbero perso la fiducia in lui nel caso avesse fallito.

La sua era una catena invisibile di preoccupazioni che non riusciva mai a spezzare e che continuava a logorarlo, giorno dopo giorno, anche quando il mancato adempimento delle sue responsabilità non dipendeva strettamente da lui ma da situazioni esterne, come le avverse condizioni atmosferiche.

Dall'altra parte del magazzino, Chase Lewis stava sistemando alcuni sacchi vicino alla stufa per bloccare gli spifferi. La sua figura si muoveva alta e imponente tra le ombre e sembrava assolutamente sicuro di ciò che stava facendo e di ciò che sarebbe accaduto, come se fosse nato per affrontare le tempeste. Ogni suo gesto era misurato e calmo, come quello di chi ha imparato da tempo che innervosirsi o addirittura arrabbiarsi non serviva proprio a nulla in determinate situazioni.

«Credo che anche il generatore sia a posto», stabilì infine, pulendosi le mani su un panno posato lì accanto. In realtà aveva bisogno di dire qualcosa, solo per spezzare il silenzio. Edwin non sembrava un tipo socievole, con quell'espressione perennemente imbronciata. «Dovrebbe reggere fino al mattino, senza troppi problemi. Credo che verso l'alba la tempesta inizierà a calmarsi; poi ci vorrà comunque tempo per liberare le strade.»

«Fino al mattino…» Edwin alzò lo sguardo verso l'orologio, appeso alla parete. Rischiava di impazzire, nell'attesa. «Maledizione, sono solo le otto di sera!»

«Già. Ci aspetta una lunga notte.»

«Ma io credo che le previsioni siano esagerate. Fra un po' potrebbe smettere, così magari riusciremo…»

«No, Parker. Le previsioni non sbagliano, lo sai bene anche tu. Quindi è inutile illudersi, resteremo qui fino a domani mattina, sempre che ci vada bene. Rassegnati e accetta l'idea, anche perché contro la natura non puoi proprio combattere.»

«Oh, cazzo…» Edwin sbuffò, alzando gli occhi al cielo. Certo, si era reso conto anche lui della situazione, anche se non voleva ammetterlo, nemmeno con se stesso.

Chase increspò le labbra, si tolse il cappello da cowboy e si passò una mano tra i capelli neri, ancora un po' umidi a causa della neve.

«Hai qualcosa da mangiare o dobbiamo iniziare a sgranocchiare gli scatoloni e la merce ancora da consegnare in cerca di qualcosa di commestibile?»

Edwin rise appena, con un sorriso che gli ammorbidì per un attimo i lineamenti tesi.

«Oltre a tè e caffè in abbondanza, nella dispensa credo di avere dei cereali, dei biscotti al burro, del tonno e un paio di porzioni di zuppa di fagioli in lattina. Forse qualche bibita e anche qualche birra, se Tyler non le ha spazzate via tutte in questi ultimi giorni.» Sospirò, posandosi una mano sulla fronte.

«Pensavo di andare a fare un po' di rifornimenti, ma purtroppo non ho avuto tempo.»

«Non ha importanza, ci faremo bastare quello che c'è.» Chase si avvicinò, poi prese una sedia e si sedette accanto a lui, poggiando i gomiti sulle ginocchia. «Hai freddo?»

Edwin esitò prima di rispondere. «Un po', ma ci sono abituato ormai. Posso sopportarlo.»

Chase si alzò, prese un plaid dal divano nell'angolo, poi tornò e glielo posò sulle spalle senza dire nulla. Il gesto, semplice e diretto, lo spiazzò. Edwin lo guardò per un istante, lo ringraziò con un cenno, ma restò in silenzio. Poi si voltò verso la finestra, fingendo di controllare la neve che continuava a cadere inesorabile intorno a loro, costringendoli a restare bloccati lì.

Una strana quiete regnava tra loro, rotta soltanto dalla furia del vento. Chase andò a prendere una tazza di tè e iniziò a sorseggiarla piano. Il calore della bevanda gli scaldava la gola, ma non bastava a sciogliere quella sensazione di inquietudine che gli si era aggrappata addosso sempre di più nel corso delle ultime ore. Non sapeva dire se fosse la tempesta o la presenza di Edwin a renderlo così teso ma, allo stesso tempo, così consapevole di sé. Cercava di mantenere la calma, come sempre, ma, allo stesso tempo, si sentiva come un animale in gabbia.

Proprio lui, che da tanto tempo era abituato al rumore del vento e al silenzio confortante degli animali, ora percepiva ogni singolo respiro dell'uomo con cui stava condividendo lo spazio vitale, un suono forse appena udibile ma impossibile da ignorare, e che stava iniziando a muovere qualcosa dentro di lui, una parte di se stesso che ultimamente aveva preferito ignorare.

Edwin aveva un modo di muoversi misurato, quasi timido, non si scomponeva quasi mai e, la maggior parte delle volte, parlava con la calma di chi pondera ogni parola prima di lasciarla uscire. Come se non volesse disturbare gli altri con la sua presenza, con le sue opinioni soprattutto. C'era in lui una componente ingenua ma allo stesso tempo ostinata, una parte della sua personalità che si ribellava e rifiutava di cedere, di arrendersi. Era proprio questo a intrigare Chase, ogni istante di più, e a spingerlo a interagire con Edwin per cercare di conoscerlo meglio. Come se volesse a tutti i costi abbattere la sua corazza protettiva.

«Allora…» Si decise così a spezzare di nuovo il silenzio, inventandosi qualcosa di banale da dire solo per sentire ancora la sua voce e spingerlo a interagire. «Ti capita spesso di restare bloccato qui dentro con un estraneo durante una tempesta di neve?»

Edwin gli lanciò un'occhiata ironica.

«Direi proprio di no. Di solito resto bloccato da solo. Ma per il troppo lavoro, non per una tempesta di neve.»

Chase rise, una risata bassa e sincera che riempì la stanza.

«Allora ti sta andando decisamente meglio stavolta. Forse ancora non lo sai, ma io sono un ottimo compagno di sventure.»

«Ah, davvero? E cosa te lo fa credere?»

«Mmh... vediamo un po'... Tra le molte altre cose, so raccontare storie incredibili, so accendere il fuoco... Insomma, si tratta di doti indispensabili nella vita, non credi?»

«Sì, immagino di sì, anche se qui non abbiamo un camino e nemmeno legna da ardere. In ogni caso, temo che presto dovrai aggiungerne un'altra: sopportarmi.»

Edwin avrebbe voluto dire qualcosa di divertente o arguto, solo per tenersi al passo con Chase. Però non era del tutto sicuro che il suo modo di puntualizzare l'ovvio fosse qualcosa di cui ridere. Si sentì avvampare, non sapeva nemmeno lui perché lo aveva detto. Era consapevole di non essere un tipo spiritoso, era del tutto inutile lanciarsi in stupide improvvisazioni che non gli riuscivano mai spontanee.

«Beh, finora ci sto riuscendo bene, mi sembra! Ti sto sopportando senza troppi problemi, non trovi?»

Chase gli strizzò l'occhio, Edwin si accorse che sembrava davvero divertito, compiaciuto, nonostante tutto. Non sembrava che stesse fingendo. Forse non si era accorto di ciò che gli passava davvero per la testa. Meglio così.

Continuarono ad alternare discorsi superficiali a silenzi, mentre la tormenta non accennava a calmarsi e la sera scivolava rapida nel buio più totale. Anche la luce del neon, nel frattempo, si stava facendo più debole, e la stufa emetteva un crepitio ritmico.

Fuori, intanto, il mondo sembrava del tutto sparito. Cucinarono la zuppa e la mangiarono con un gusto quasi spropositato, come se fosse uno dei pasti migliori che avessero mai assaggiato.

Si stava creando, tra loro, una curiosa "intimità", che nessuno dei due sarebbe stato in grado di spiegare. Una sintonia improvvisa e semplice, quasi come se il gelo all'esterno avesse contribuito a sciogliere, poco alla volta, le barriere tra loro.

Edwin osservava Chase di sottecchi, cercando di non farsi notare troppo, di non mostrarsi inopportuno, di non suscitare la sua curiosità. Soprattutto, di non provocare in lui reazioni a cui non avrebbe saputo rispondere. L'uomo con cui stava condividendo forzatamente la serata e con cui avrebbe trascorso anche la notte aveva un profilo forte, il mento deciso, la barba incolta che sembrava muoversi sul suo volto appena si decideva a parlare. Anche quando rideva. E poi aveva quegli occhi. Quegli occhi, che sembravano cambiare colore, tra grigio acciaio e azzurro cupo a seconda della luce, e un sorriso sincero e limpido, come il sole che appare a sciogliere le nevicate più intense.

«Ti piace stare qui ad Aspen Creek?» chiese Edwin a un tratto, spinto da un interesse che non riuscì a frenare. E, stranamente, anche dalla voglia di portare avanti la conversazione che stava crescendo sempre di più. «Voglio dire, so che tu vivi fuori dal centro, però…»

«È vero, io vivo prevalentemente all'interno dei confini del mio ranch.» Chase inclinò la testa, lo scrutò, poi annuì convinto. «Comunque sì, considero Aspen Creek casa mia. Anche se devo ammettere che, a volte, il ranch è troppo silenzioso, soprattutto quando non ci sono i miei lavoranti. In quei casi cerco di non impazzire e di non parlare da solo. Ma non sempre ci riesco. Poi certo, ci sono i miei cavalli, loro forse alla fine mi ascoltano anche di più delle persone.»

«Troppo silenzioso, dici? Io invidio il silenzio.»

«Il silenzio non è male, almeno finché non diventa assordante.» Chase strinse appena gli occhi, come per focalizzare meglio lo sguardo su di lui. «Come ti dicevo, spesso mi ritrovo a parlare con i cavalli, pur di avere la sensazione di interagire con creature viventi. Anche se ammetto che... sì, insomma, a dire il vero spesso ho davvero la sensazione che gli animali mi ascoltino più degli esseri umani. Per questo li apprezzo e faccio sempre di tutto per tenerli al sicuro, nel mio ranch.»

Edwin annuì e abbassò lo sguardo.

«Capisco bene cosa intendi.»

Chase inclinò la testa nel tentativo di incrociare i suoi occhi.

«Anche tu parli con qualcuno che non risponde?»

Edwin si strinse nelle spalle, poi sorrise tristemente.

«Con la mia coscienza. O almeno ciò che credo sia la mia coscienza, soprattutto quando mi ricorda che...»

Sospirò, si passò una mano tra i capelli. Quella loro condivisione, forzata dalle condizioni atmosferiche avverse, stava prendendo una piega che stava iniziando a renderlo nervoso. Ma non sapeva come arrestarne il corso, ora che avevano iniziato ad approfondire la conoscenza. Forse stavano "esagerando", ecco. Forse stavano correndo troppo.

«Cosa ti ricorda?» La voce di Chase si fece più cupa, profonda come non lo era mai stata da quando si erano incontrati.

«Io non...» Edwin si morse le labbra, quasi con forza, poi scosse la testa. Cercò di aggrapparsi a un altro discorso, a un altro argomento di conversazione, ma non gli venne in mente nulla.

«La tua coscienza, Edwin? Cosa ti ricorda?» insistette Chase, stringendo gli occhi su di lui, con un'intensità che sembrò voler scrutare nel suo cuore, nella sua anima.

«Che io non sono abbastanza.» Si lasciò sfuggire Edwin, incapace di trattenersi. «Che non sarò mai abbastanza.»

CAPITOLO 6

Che io non sono abbastanza.

Che non sarò mai abbastanza.

Quelle parole, appena sussurrate da Edwin, fluttuarono tra loro, leggere e pesanti al tempo stesso. Chase rimase in silenzio per un momento, poi si appoggiò allo schienale della sedia, buttando indietro la testa e guardando il soffitto. Non replicò alla sua affermazione. Non direttamente, almeno.

«Io ho parlato per mesi con un "fantasma"», disse infine. «Con qualcuno che non era più lì, anche se lo vedevo in ogni stanza del ranch. Con qualcuno che se n'era già andato da tanto tempo, del resto. Anche prima di farlo davvero.»

Edwin lo fissò in silenzio, senza osare intervenire per interrogarlo o esprimere la propria opinione in proposito. Ma, allo stesso tempo, si augurò che Chase si decidesse a proseguire. Lo sperò davvero, perché avrebbe voluto sapere qualcosa in più su di lui. Anzi, tutto, a dire il vero.

«Sto parlando del mio ex», continuò Chase, dopo essersi schiarito la gola. «Davis... simpatico, divertente, pieno di energia, di voglia di vivere.

48

Diceva di amare la natura, finché non ha scoperto cosa significasse viverci davvero, decidere di restare davvero. Però stavamo bene insieme, quindi ha resistito, per quanto possibile. Poi ha iniziato a chiedermi di trasferirci altrove, sempre più insistentemente. Gli ho risposto che ci avrei pensato, ma in realtà… sapevo bene che non lo avrei mai fatto. Stavo soltanto illudendo entrambi, per prendere tempo, per non ammettere la realtà. Lo ha capito anche lui, così una sera se n'è andato. Nessuna scena di disperazione, nessun urlo. In fondo entrambi sapevamo già da un po' che stavamo rimandando l'inevitabile. E io… insomma, non mi è rimasto altro che ammettere che forse è stato meglio così. Stavo costruendo un mondo intorno a qualcosa che non esisteva più, ma avevo investito molto in questa storia. Perché prima… insomma, per me c'erano state solo avventure, con uomini e anche con donne con cui non avevo mai riscontrato una particolare connessione, ecco.»

Edwin lo ascoltò senza interrompere. C'era qualcosa nella voce di Chase che gli stringeva il petto. Forse quella sua calma, quella lucidità nell'esporre e nell'analizzare con precisione una circostanza che doveva averlo ferito molto, nonostante tentasse di resistere e di reprimere la sofferenza, fino quasi a negarla. Ma qualcosa, nella sua voce profonda, tremava ancora e dava a Edwin la sensazione di un filo teso troppo a lungo che si sarebbe spezzato prima o poi.

«Mi dispiace», sussurrò Edwin, senza aggiungere altro.

Chase scrollò le spalle.

«Succede. Ho capito che si sopravvive a tutto, anche a chi credevi che sarebbe sempre stato parte della tua vita per sempre. Ma poi a volte, in certi momenti, tutto torna a galla.»

Edwin inspirò lentamente, cercando di ignorare la fitta al petto che minacciava di far riemergere anche la sua ferita. Forse Chase si aspettava una confessione anche da parte sua, una sorta di scambio di confidenze sentimentali tra uomini che avrebbero potuto vivere un'avventura durante una tempesta di neve che li aveva bloccati insieme in uno spazio ristretto. Ma in realtà Edwin aveva compreso che era come se il rancher volesse "liberarsi" della situazione, per togliersi un peso di dosso e passare oltre. Qualunque cosa implicasse questo "oltre".

Quindi preferì liquidare la questione il più rapidamente possibile, senza entrare troppo nei dettagli che lo avrebbero di nuovo identificato come un "perdente", un "fallito". Del resto, Chase non era stato davvero lasciato. La sua era stata una scelta ponderata.

«Alla fine di una storia spesso si sta da schifo, lo so. Qualunque sia la causa. La verità è che ho smesso di crederci. Non mi illudo nemmeno più, ormai, ho compreso che è solo una perdita di tempo e di energie. Forse, arrivato a questo punto, non sarei nemmeno in grado di riconoscere qualcosa di vero, di reale. Ma alla fine, sono certo che sia meglio così.»

Chase lo osservò a lungo, mantenendo gli occhi fissi su di lui.

«Forse non devi riconoscerlo. Forse devi solo lasciare che entri nella tua vita e permettere che accada.»

«E se poi mi distrugge?»

Edwin rispose prima ancora di pensare e di meditare su ciò che sarebbe stato più conveniente dire, in quella situazione. Tanto che si pentì delle sue parole, subito dopo averle pronunciate. Preferiva non esporsi troppo con quell'uomo. Non in modo così palese.

«Allora saprai di aver vissuto davvero. L'alternativa sarebbe non provare più nulla e io... nel bene e nel male non credo sia un'opzione valida, ecco.»

Quelle frasi, pronunciate con voce bassa e ferma, rimasero sospese nell'aria. Edwin non osò replicare. Temeva di essersi già esposto, nonostante tutti i suoi sforzi per trattenersi. Ed era consapevole di essersi spinto troppo oltre con il rancher. Comunque, presto la tormenta si sarebbe placata e lui e Chase Lewis sarebbero riemersi nella realtà, tornando a essere ciò che erano: due estranei che non avevano nulla in comune. Così sarebbe sceso l'oblio su quel momento di sincerità e di autentico candore che stavano condividendo.

Il vento, intanto, continuava a ululare impavido fuori da lì, mentre all'interno del magazzino tutto sembrava improvvisamente più caldo, più vivo. Addirittura, più reale.

Quando le luci si spensero all'improvviso, Edwin trasalì. Il generatore emise un ultimo rantolo sordo e poi tacque.

«Oh, merda!» mormorò, cercando il cellulare per fare luce. «Lo sapevo che sarebbe accaduto. Non è la prima volta che questo stronzo mi abbandona all'improvviso.»

«Comunque sia, non ci conviene di certo uscire nella bufera.» Chase si alzò, avvicinandosi ancora di più alla finestra per guardare meglio all'esterno. «Congeleremmo nell'arco di cinque minuti. Non che qui sia molto meglio, ma almeno abbiamo qualche speranza di sopravvivere.»

Il buio era diventato quasi totale, rotto solo dal bagliore intermittente di una candela d'emergenza che Edwin conservava in un cassetto. La posò su una cassa che spostò vicino al divano, poi si sedette, trascinandosi dietro il plaid.

«Non ci resta che resistere e sperare che non duri troppo a lungo.»

«Spostiamo il divano più vicino alla stufa», suggerì Chase. «Ci riscalderemo un po' di più.»

Edwin annuì, poi si alzò e aiutò Chase a spostare il divano. Lì si sedettero, entrambi avvolti nella coperta. In questo modo, la distanza tra di loro si ridusse drasticamente. Poteva sentire il calore del corpo di Chase, il suo respiro profondo e regolare.

Il tempo, intanto, scorreva lento, scandito solo dal vento. Quando Edwin cominciò a rabbrividire, Chase lo guardò e sospirò, inclinando appena la testa. Nel suo sguardo Edwin lesse un invito, a cui però non sapeva esattamente come rispondere, nel timore di sbagliare o di fraintendere. Forse non si trattava di un'occhiata allusiva, forse il rancher non era attraversato dal suo stesso pensiero. E lui, in fin dei conti, non era mai stato il tipo da avventure di una notte. Soprattutto con chi lo stava aiutando a gestire la sua attività, il lavoro a cui aveva dedicato la sua vita.

Edwin cercò allora di sorridere, ma le labbra gli tremavano. Chase gli passò un braccio intorno alle spalle e lo tirò contro di sé, con un gesto naturale, protettivo.

Il corpo di Edwin si irrigidì per un attimo, fu tentato di respingerlo, di allontanarsi, ma poi cedette, ritrovando nel corpo dell'uomo accanto a lui un calore che non ricordava più da tanto, troppo tempo.

«Tranquillo, Parker. Non ho intenzione di saltarti addosso.» Chase voltò il viso verso di lui ed Edwin percepì il suo respiro caldo sfiorargli la tempia. «A meno che non sia tu a volerlo.»

«Non credo sia il caso, Lewis. Ho sentito dire che le storie nate in circostanze critiche hanno sempre un esito drammatico.»

«Sono d'accordo.»

Il battito del cuore di Chase era lento e costante, un ritmo pacato, rassicurante. Edwin chiuse gli occhi, lasciandosi andare a quella sensazione di sicurezza che lo travolse come un'onda silenziosa che però, un istante dopo l'altro, prese possesso del suo cuore e dei suoi sensi, invadendoli completamente.

Nessuno dei due si espresse oltre, come se le parole fossero ormai superflue tra loro e non avessero più alcuna storia passata da raccontare, da sviscerare. Fuori, intanto, la bufera continuava a infuriare, ma dentro il magazzino la neve e il freddo sembravano ormai lontani, irreali.

Chase abbassò lo sguardo su Edwin e notò che il suo viso era illuminato dalla luce tremolante della candela, che contribuiva a creare un'atmosfera quasi magica. Vide nei suoi tratti qualcosa che non aveva colto prima: non solo gentilezza o fragilità, ma anche una forza silenziosa, ben nascosta dietro il timore di sbagliare e quella sensazione di smarrimento che gli aveva comunicato fin dal principio, da quando era arrivato da lui offrendosi di aiutarlo. Una forza che, senza accorgersene, lo stava attirando sempre di più. La tentazione di spostare il viso, di baciarlo, era davvero irresistibile. Come quella di andare oltre, di accarezzargli il petto, di spingere i fianchi contro di lui. Di rischiare tutto, insomma, anche di essere respinto. Di solito non si lasciava sfuggire l'opportunità di un'avventura occasionale, soprattutto se sentiva che la persona in questione era disponibile nei suoi confronti. Ma a Edwin Parker aveva dato la sua parola e l'avrebbe mantenuta, questa volta.

Edwin, pur avendo lottato per resistere, alla fine si lasciò andare, muovendosi piano per avvicinarsi ancora di più al rancher. Con la guancia appoggiata al suo petto, percepì il battito regolare del cuore di Chase e si chiese, per la prima volta dopo tanto tempo, se potesse fidarsi. Non solo di lui, ma delle sensazioni che provava nei suoi confronti. Se potesse permettersi di sentire di nuovo qualcosa o se fosse meglio fuggire, allontanarsi e dimenticare tutto il più in fretta possibile. Appena fossero stati liberi di uscire da lì.

Intanto il silenzio, rotto solo dal respiro di entrambi, si fece più denso, più intimo. La tempesta, fuori dal magazzino della "Aspen Creek Deliveries", infuriava ancora, ma tra quelle quattro mura stava nascendo un fragile, impercettibile calore, forse destinato a divampare in una fiamma intensa, divorante, che al momento era solo trattenuta, rimandata. Un calore che forse nessuna bufera di neve avrebbe potuto spegnere e nemmeno arginare.

CAPITOLO 7

Il mattino arrivò e li sorprese vicini, mentre il calore dei loro corpi aveva contribuito a riscaldare la tensione emotiva e fisica che si era inevitabilmente creata.

La bufera si era gradualmente placata, lasciando però dietro di sé un silenzio irreale, quasi sacro. Il mondo fuori dalla "Aspen Creek Deliveries" era simile a una distesa bianca, immobile e lucente sotto il primo sole invernale, pallido e tenue. La neve aveva coperto ogni cosa: tetti, strade, alberi. Persino le insegne sembravano essersi trasformate in delicate e affascinanti sculture di ghiaccio.

Edwin fu il primo a svegliarsi. Era rannicchiato sul divano, ancora avvolto nella coperta che aveva condiviso con Chase. Per un istante, aprendo gli occhi e guardando il soffitto, non ricordò dove si trovava. Non rammentò nemmeno i dettagli di ciò che era avvenuto nel corso delle ultime ore. Poi percepì il calore del corpo di Chase, ancora prima di vederlo accanto a sé, e le scene della notte appena trascorsa tornarono sempre più vivide tra i suoi ricordi.

Lui dormiva ancora. Quel sonno profondo, privo di difese, quasi innocente, lo colpì. C'era una pacatezza estrema nei lineamenti del rancher che non aveva notato quando era sveglio. Un senso di forza serena, ma quasi infantile. Edwin si scoprì a sorridere. Se avesse seguito l'istinto, lo avrebbe accarezzato, poi baciato su quello zigomo perfetto, fino a scendere alle labbra lievemente corrucciate. Avrebbe anche accarezzato il suo petto con la mano, fino a spingersi addirittura oltre, sempre che lui, svegliandosi, glielo avesse permesso. Stava morendo dalla voglia di lasciarsi andare, tanto che sentì il suo corpo fremere dal desiderio. Invece si trattenne, staccandosi del tutto da lui.

Si allontanò e poi si alzò piano, per non svegliarlo. Si incamminò verso la finestra. Fuori, la luce del mattino si rifletteva sul manto nevoso come migliaia di piccoli diamanti. Tutto lì intorno sembrava sospeso, pulito, come se, in qualche modo, la tempesta che si era scatenata all'esterno avesse lavato via anche le ombre che ristagnavano dentro di lui.

Alle sue spalle, una voce roca e ancora un po' assonnata interruppe il silenzio.

«Ehi... Buongiorno!»

Edwin si voltò. Chase si era svegliato e si stava stropicciando gli occhi. Aveva la fronte lievemente corrugata dal sonno, i capelli scuri scompigliati e l'aria ancora intorpidita. Eppure, in quella luce chiara del mattino, sembrava perfino più bello. I suoi occhi erano più luminosi. Edwin deglutì e distolse per un istante lo sguardo, per non far trasparire le sue sensazioni. Non voleva assolutamente che il rancher si rendesse conto del suo stato.

Però fu costretto a guardarlo quando Chase riprese a parlare.

«Siamo immersi nella neve, a quanto pare. Spirito natalizio, tutto per noi. Ma che fortuna!»

«Già, davvero!» Accennò un sorriso e si forzò a rispondere cercando di mantenere un tono controllato. «Niente caminetto acceso, però, ma potremmo avere la musica, volendo. Solo che le consegne non sono ancora finite, almeno per quanto mi riguarda.»

Chase annuii convinto. «Allora, appena possibile, ci rimetteremo al lavoro. Ovviamente non abbandonerò la missione. Ho solo bisogno di un caffè ultraforte per rimettermi in piedi.»

Edwin lo guardò, inclinando leggermente il viso. Aveva capito bene? Era ancora intenzionato ad aiutarlo dopo essere rimasto bloccato nel magazzino della "Aspen Creek Deliveries" a causa sua? Sì, lo sguardo convinto di Chase Lewis non dava adito a dubbi, in proposito.

«Però prima dobbiamo controllare le strade e accertarci che siano percorribili», replicò Edwin dopo un momento di smarrimento, cercando di non perdersi in pensieri che non avevano davvero nulla a che fare con il lavoro. «Se sono impraticabili, sarà dura ripartire.»

«Ci penseremo!» Chase si alzò dal divano, con un movimento lento ma deciso. «Una cosa alla volta. Ma non ti preoccupare, Parker, salveremo il Natale.»

Il modo in cui pronunciava il suo cognome aveva sempre un'intonazione particolare, ma al tempo stesso eccitante: un misto di ironia e affetto. Edwin fingeva di non farci caso, ma ogni volta era come se gli muovesse qualcosa dentro. Qualcosa che non era certo di poter controllare ancora a lungo, anzi. Qualcosa che lo avrebbe indotto presto a cedere. E iniziava a sospettare che Chase se ne fosse reso conto e che continuasse a farlo intenzionalmente.

Dopo una tazza di caffè bollente e qualche biscotto al burro, trascorsero le ore successive a spalare la neve davanti al magazzino e a sbloccare l'ingresso, per consentire al furgone di uscire senza troppi intralci.

Chase, nonostante il freddo intenso, aveva iniziato a lavorare a pieno ritmo sotto il sole pallido. Si era addirittura tolto la giacca ed era rimasto con la maglietta e l'immancabile cappello da cowboy. I suoi muscoli dinamici si tendevano ad ogni movimento, come se fossero stati creati appositamente per il lavoro fisico e l'allenamento costante. Edwin faceva del suo meglio per concentrarsi sul lavoro e non fissarlo con eccessiva insistenza, ma la sua mente continuava a tradirlo e lo sguardo non poteva fare a meno di spostarsi di continuo sul rancher per sbirciare i suoi movimenti. Quell'uomo stava davvero mettendo in seria difficoltà il suo equilibrio.

«Ehi, fai attenzione!» lo richiamò Chase, afferrandolo per il torace mentre stava per scivolare su una lastra di ghiaccio.

Edwin si ritrovò stretto contro di lui per un attimo, con il viso a poca distanza dal suo. Il contatto fu breve, ma bastò a farlo restare immobile, con il cuore che batteva all'impazzata. Chase, invece, gli rivolse un sorriso malizioso.

«Ti sei distratto, Parker.» La sua voce roca gli provocò un fremito. «Devi stare attento… rischi di farti male. E non deve succedere.»

«Non è vero», balbettò Edwin, sentendosi le guance ancora più calde. «Voglio dire, non mi sono distratto.»

«Ah, no?»

Chase arricciò il naso e si morse le labbra. Lo stava tentando, il maledetto! Ma lui non poteva cedere. Non ancora, almeno.

«No.» Edwin si sforzò di controllare il respiro e lo sfidò con lo sguardo. «Sono scivolato sul ghiaccio, può capitare. Fai attenzione anche tu, rancher.»

«Grazie dell'avvertimento. Cercherò di non scivolare... sul ghiaccio.»

Il tono di Chase era stato chiaramente allusivo e sarebbe stato facile per Edwin assecondarlo, lasciarsi andare. Fino a scivolare davvero, ma verso sensazioni che in realtà non vedeva l'ora di sperimentare, insieme a lui. Invece si limitò a lanciargli uno sguardo un po' imbronciato, poi gli voltò le spalle e tornò a spalare con più energia. Però non riuscì a scacciare dalla mente l'idea di approfondire il discorso con Chase Lewis. E scoprire dove tutte queste emozioni inesplorate li avrebbero portati, oltre alla camera da letto, ovviamente.

In tarda mattinata riuscirono finalmente a spostare il furgone di Chase, dopo averlo caricato con le consegne previste per l'intera giornata. Le gomme di certo sarebbero affondate nella neve, ma dalle informazioni che erano state diffuse agli abitanti sembrava che la strada che portava verso il centro di Aspen Creek fosse di nuovo percorribile, perlomeno con un mezzo adeguato. Per fortuna gli spalaneve, nel frattempo, si stavano dando da fare per riattivare la circolazione in tutta la zona.

«Abbiamo ancora una bella lista di consegne. Non so nemmeno io come si siano accumulate così, ma credo che quest'anno siano notevolmente aumentate rispetto agli altri anni. Purtroppo, l'incidente di Tyler alla spalla ha aggravato la situazione. E io non sono riuscito a trovare qualcuno che lo sostituisse.»

«Diciamo che non hai nemmeno cercato qualcuno che lo sostituisse...» Chase gli lanciò uno sguardo allusivo. «Forse perché inconsciamente aspettavi me!»

Edwin scosse la testa, alzando gli occhi al cielo.

«Sei sempre molto modesto! Comunque, le consegne sembrano davvero triplicate. Quest'anno hanno tutti voglia di spedire regali qui ad Aspen Creek.»

«Qualcosa contro i regali?»

«No, assolutamente. Loro regalano, io consegno e guadagno! In questo modo siamo tutti contenti.»

Così dicendo, Edwin salì sul lato del passeggero con il tablet in mano.

«Ce la faremo!» Chase gli strizzò l'occhio, aggiustandosi il cappello. «È una promessa, Parker.»

Edwin sospirò e annuì, cercando di sembrare abbastanza convinto. Il rancher mostrava spesso un atteggiamento sfrontato, talvolta addirittura insolente. Ma non avrebbe potuto essere diverso da com'era, tanto si addiceva al suo temperamento e anche al suo fisico. O forse Edwin stava iniziando ad ammettere che lui stesso non lo avrebbe voluto diverso da com'era.

«Se riusciamo a coprire la zona nord e anche quella ovest entro il pomeriggio, forse...»

«Forse ti rilasserai per una buona volta!» concluse Chase, posando le mani sul volante. «Non ti sei accorto che il mondo non è finito, nonostante la tempesta? E non finirà se tarderai un po' con le consegne, soprattutto se la situazione non dipende da te ma da una calamità naturale.»

«Non ancora», mormorò Edwin con un tono severo, ma un sorriso gli sfiorò le labbra.

«Non ancora nel senso che non te ne sei accorto?»

«Nel senso che il mondo, per il momento, non è ancora finito. Però, proviamo a non consegnare i regali di Natale in tempo! Vuoi sfidare la sorte, rancher?»

«No, direi di no.»

Chase sogghignò, alzando gli occhi al cielo. Poi si girò repentinamente verso di lui, inclinandosi fino a quasi invadere il suo spazio vitale nell'abitacolo. All'improvviso il suo sguardo divenne serio ed Edwin lesse un desiderio che entrambi non sembravano più in grado di contenere.

La situazione stava diventando davvero "pericolosa", addirittura ben oltre il limite che si era imposto di rispettare. Tanto che Edwin stava iniziando a rendersi conto che scherzare con lui era l'unico modo che aveva per cercare di trattenersi, per non cedere agli istinti nei suoi confronti. Ma non sapeva per quanto ancora sarebbe stato in grado di resistere.

Era tentato, fortemente tentato. Ma non potevano perdere tempo, per questo era costretto a trattenersi. Sarebbe stato troppo rischioso complicare tutto con il sesso. Avevano una missione da compiere e il tempo a disposizione era davvero contato. Dovevano salvare il Natale, questa era la cosa più importante, al momento. Non poteva perdere l'unica persona che si era mostrata disposta ad aiutarlo. Per il resto ci sarebbe stato tempo dopo, forse. Sempre che Chase Lewis non fosse tornato a rinchiudersi e a isolarsi nel suo ranch, escludendolo dalla sua vita.

«Sei incorreggibile, Parker!» Chase sbuffò, ma non si spostò.

«Guida, Lewis!» Edwin lo incoraggiò con un cenno a tornare nel suo spazio e mettere in moto il furgone. Poi fissò lo sguardo dritto di fronte a sé, evitando l'occhiata sdegnata del rancher.

«Agli ordini, capo!» Chase obbedì senza più tentare di provocarlo. Se non a parole. «Ma abbiamo un "discorso" in sospeso, noi due. Ed è solo rimandato.»

CAPITOLO 8

Le prime consegne furono una piccola grande impresa. Le strade secondarie erano ancora parzialmente bloccate, tanto che ogni casa sembrava sempre lontana e immersa in un silenzio ovattato.

Chase guidava con sicurezza, per fortuna conosceva bene ogni curva e ogni scorciatoia di Aspen Creek. Edwin, invece, si occupava di stabilire la successione dei pacchi da consegnare, con l'efficienza e l'ordine che lo avevano sempre distinto.

Intanto, per sciogliere la tensione, scherzavano sui bigliettini assurdi che spesso accompagnavano i regali, sulle decorazioni natalizie troppo appariscenti o completamente folli, sulle renne gonfiabili che si muovevano nel vento.

«Non posso credere che qualcuno abbia messo un Babbo Natale sul tetto del pollaio», rise Chase. «Ho scattato anche una foto, per non dimenticarlo!»

«Sarà un modo per non far sentire le galline escluse dai festeggiamenti», ribatté Edwin, convinto. «Mi sembra logico. Io lo farei, se avessi un pollaio.»

Intanto, però, si morse le labbra per non scoppiare a ridere.

«Okay… dovrò porre rimedio, con i miei cavalli e il mio ranch.» Chase annuì serio. «Si saranno sentiti "esclusi" per tutti questi anni.»

«Ah, ecco! Adesso capisco perché hai scattato una foto. Per prendere ispirazione!»

Le risate si mescolavano alla musica di sottofondo e al silenzio che aleggiava intorno a loro, lungo le strade innevate di Aspen Creek.

Edwin non ricordava quando fosse stata l'ultima volta in cui si era sentito così leggero e nemmeno così disinvolto con qualcuno. Con qualcuno da cui si sentiva attratto, nello specifico. Forse mai. E soprattutto non si era mai divertito così. Nemmeno tanti anni prima, all'inizio della sua relazione con Marvin. Relazione che era nata, e si era poi sviluppata, all'insegna dell'ansia di dire o di fare qualcosa di inopportuno che sarebbe risultato sgradito al compagno. Con lui viveva in uno stato di tensione costante. Infastidire Marvin avrebbe significato sentirsi sbagliato, non all'altezza. E a vent'anni Edwin non era disposto a rischiare, quando già rendersi conto delle sue preferenze sessuali, dichiararsi gay alla sua famiglia e avere a che fare con la mentalità di una piccola cittadina del Wyoming come Aspen Creek era stata una vera e propria sfida per lui.

Con Chase, invece, non si sentiva così oppresso. Forse dipendeva dalla necessità di effettuare tutte le consegne nei tempi stabiliti, forse erano entrambi coinvolti in un'impresa che, almeno per il momento, non permetteva loro di soffermarsi su altro. Su ciò che avrebbero potuto sentire o desiderare.

Però Edwin si era reso conto che, tra una consegna e l'altra, gli sguardi tra loro si facevano sempre più lunghi, i silenzi sempre meno imbarazzati. La confidenza stava crescendo in modo inarrestabile, ogni istante di più. Ma ogni volta che le loro mani si sfioravano per necessità o per errore, un brivido correva veloce, sottile ma innegabile.

Eppure, entrambi stavano evitando di parlarne. Chase aveva addirittura smesso di fare allusioni in proposito. Forse per un tacito accordo raggiunto dopo la notte trascorsa insieme al magazzino e la mattinata dedicata a spalare la neve e a organizzare le consegne. O, più probabilmente, per timore di rompere quel fragile equilibrio che si stava ancora creando tra loro.

Era quasi sera quando riuscirono a ultimare buona parte delle consegne in programma per la giornata. Le strade di Aspen Creek si stavano riempiendo sempre più di luci e decorazioni: ghirlande alle porte, addobbi di ogni tipo disseminati tra i giardini e le finestre, alberi illuminati nelle vetrine dei negozi, odore di cannella e di caffè caldo che usciva dai locali.

Chase parcheggiò il furgone accanto alla piazza principale e spense il motore. Si voltò verso Edwin e gli sorrise.

«Io credo che per oggi possa bastare così. In ogni caso, ci meritiamo una pausa, prima di dedicarci alle ultime due consegne.»

«Ti sorprenderebbe sapere che sto per dirti che hai ragione?» Edwin annuì con un sorriso finalmente sereno. «Possiamo rimandare le ultime due consegne a domani, tanto per quelle saremmo addirittura in anticipo rispetto ai tempi stabiliti. Siamo a buon punto, abbiamo fatto davvero un ottimo lavoro oggi.»

«Già, proprio vero...» Chase sospirò e i suoi occhi grigi furono attraversati da una dolcezza che Edwin non si aspettava, da parte sua. «Sei riuscito a tracciare una mappa perfetta delle consegne, in modo da non perdere un solo minuto del nostro prezioso tempo. Hai fatto davvero un ottimo lavoro!»

Non si trattava soltanto di dolcezza, era anche ammirazione, nei suoi confronti.

«Ti ringrazio, ma non ce l'avrei mai fatta da solo.» Edwin sollevò per un attimo la mano verso di lui, ma poi la ritirò immediatamente. Se avesse seguito l'istinto, gli avrebbe accarezzato la spalla, poi il viso. E poi... E poi, niente. Doveva trattenersi, almeno per ora. «Scendiamo a mangiare qualcosa? Sto morendo di fame!»

«Certo! Il panino al volo che abbiamo preso a pranzo non mi è bastato!» Rise Chase. «Abbiamo urgente bisogno di recuperare le energie.»

Si scambiarono uno sguardo carico di qualcosa che nessuno dei due osava definire, poi si decisero a scendere dal furgone, pronti a dirigersi verso la tavola calda che si trovava a poca distanza.

Ma la magia di quell'istante si ruppe bruscamente quando una voce familiare, allegra e tagliente al tempo stesso, risuonò alle loro spalle.

«Chase... ma guarda un po' chi si vede!»

Chase si voltò di scatto. Davanti a loro, con un elegante cappotto scuro e un sorriso affilato, c'era Davis Cooke.

Edwin, nonostante lo avesse intravisto solo poche volte in precedenza, lo riconobbe all'istante.

Se non altro, dal modo languido in cui gli occhi dell'uomo si erano fissati su Chase e, di conseguenza, da come il rancher aveva risposto. Soprattutto da come il suo sguardo si era velato di una strana e sfuggente malinconia, come se avesse preso la rincorsa per ripercorrere il passato che avevano condiviso.

Davis era biondo, alto quasi quanto Chase e il suo aspetto generale era curato in ogni dettaglio. Gli occhi azzurri, splendidi ma un po' freddi, scintillavano di entusiasmo, di vita. Possedeva il fascino tipico di chi è abituato a essere notato sempre e comunque, il sorriso di chi sa esattamente cosa vuole e anche come ferire.

«Davis...» Lo salutò Chase, con un tono di voce incerto, molto diverso da quello a cui Edwin si era abituato nel corso delle ore trascorse insieme a lui. «Non mi aspettavo di trovarti qui.»

«Ho riconosciuto il tuo furgone e mi sono fermato.» Davis rispose invece con un tono che suonava quasi dolce, carezzevole. «Sono tornato in zona per Natale, in realtà. Oltre a visitare i miei, devo portare a termine una vendita da parte del mio studio legale. Però ammetto che questo posto mi è mancato. Tu non hai idea di quanto mi sia mancato.»

Il suo tono era cambiato ancora, diventando allusivo mentre percorreva con lo sguardo il corpo di Chase, da capo a piedi.

Edwin percepì subito la tensione che stava divampando tra i due uomini, come un affare irrisolto rimasto in sospeso tra loro. Chase si irrigidì e, per la prima volta, sembrò non trovare le parole adatte per replicare, come se all'improvviso avesse perso la sua vivacità, l'arguzia e l'umorismo sottile che aveva mostrato fin dal principio. Era come se quell'uomo, in pochi istanti, avesse annientato del tutto il suo brio, l'energia vitale insita in lui. Davis, al contrario, si avvicinò ancora di più a loro con passo sicuro, fino a posare una mano sulla spalla di Chase.

«Non mi presenti il tuo nuovo amico?» gli chiese, lanciando a Edwin uno sguardo indagatore, ma velato da un sottile disprezzo. «Oh, aspetta un attimo. Ma certo! Il corriere tuttofare di Aspen Creek!»

Lo aveva riconosciuto. Sebbene non avesse detto nulla di male o di offensivo, era il tono con cui aveva pronunciato quelle parole a essere insolente, forse anche volutamente umiliante. Edwin sentì il viso scaldarsi, ma rimase in silenzio.

Fu la replica di Chase a confermargli che non aveva frainteso l'atteggiamento denigratorio dell'uomo.

«Davis, non cominciare!» sbottò Chase, togliendosi la sua mano di dosso. «Per favore!»

«Tranquillo, cowboy. La mia era solo una semplice curiosità.» Il sorriso di Davis si fece ancora più tagliente. «Sai, non mi aspettavo di trovarti... così. Volevo solo vedere con chi mi avevi rimpiazzato. E adesso che lo so...»

«Io non ti ho "rimpiazzato", Davis», ribatté Chase, con gli occhi ora freddi, quasi inespressivi. «E comunque, non sono affari tuoi.»

«Non te la prendere, cowboy.» Davis rise, mordendosi le labbra ben modellate con aria seducente. «In ogni caso, se hai bisogno di sfogare i bollenti spiriti... io sarò in zona, per qualche giorno. Il mio numero lo conosci bene, è sempre lo stesso. So cosa vuoi e so cosa ti piace. Scommetto che ti stai trattenendo, con la tua nuova conquista, vero?»

«Ti ringrazio per la gentile offerta, ma io...»

Le parole gli morirono in gola. Non gli era indifferente, non ancora. Davis aveva sempre avuto l'innata abilità di farlo impazzire, in tutti i modi possibili. E sapeva ancora giocare con lui e con il suo autocontrollo, questo era evidente.

«Non credo che durerà a lungo, da quel che vedo. E da quel che sento, soprattutto.» Nel frattempo, lo sguardo di Davis si era di nuovo spostato su Edwin. «Non ti illudere o rischierai di farti molto male.»

«Non mi sto illudendo.» Edwin rispose prontamente, stringendosi nelle spalle. «Infatti, non c'è proprio nulla tra di noi.»

«Il mio era solo un consiglio disinteressato, non te la prendere.» Davis increspò le labbra, in una smorfia imbronciata, poi tornò a rivolgere le sue attenzioni a Chase. «Fatti sentire, cowboy. Ti aspetto!»

Così dicendo, voltò le spalle, sollevò una mano in cenno di saluto e si allontanò per risalire sulla sua auto costosa, consapevole e orgoglioso di aver spezzato sul nascere un legame che forse stava crescendo con troppa rapidità, ma in modo naturale e spontaneo.

Chase rimase a guardarlo andare via, con le spalle rigide e le mani chiuse a pugno. Edwin lo osservò in silenzio, cercando le parole giuste, che però non riuscì a pronunciare.

«Mi dispiace…» Fu Chase a parlare per primo.

«Non ti devi scusare», replicò Edwin, sforzandosi inutilmente di mostrarsi tranquillo e rilassato. «Non sono affari miei. Io, insomma… voglio dire, mi sono trovato in questa situazione per caso. Non vorrei mai mettermi in mezzo, quindi se tu vorrai...» Lanciò un'occhiata verso l'auto di Davis che si allontanava, sfrecciando sfrontata davanti a loro.

«No, invece», ribatté Chase, con la voce resa roca da una rabbia che sapeva di non poter manifestare apertamente. «Sono affari tuoi, perché... tu sei qui e lui ha tentato di offenderti, di denigrarti. Erano chiare le sue intenzioni e io... io gliel'ho permesso, cazzo!»

«Chase, non è di certo colpa tua!»

«Lo è, invece. Perché io conosco quello stronzo, fin troppo bene. So come si comporta quando si impunta per ferire qualcuno. È un dannato megalomane, un narcisista del cazzo! Avrei dovuto impedirglielo, avrei dovuto...»

«Ehi, Lewis.» Edwin lo afferrò per le spalle, per costringerlo a guardarlo negli occhi, tentando di imprimere nella voce lo stesso tono ironico-affettuoso che Chase aveva spesso usato nei suoi confronti. «Va tutto bene, davvero. Io non mi sono offeso. Del resto, non ha detto nulla di male. Gestire le spedizioni e consegnare messaggi e pacchi è il mio lavoro. E confesso che mi piace, quindi...»

«Sì, lo so. Ma non voglio che Davis rovini tutto.»

Edwin deglutì, sentendo un nodo alla gola. Forse Chase non si rendeva ancora conto che non era

Davis a rovinare tutto, ma il suo atteggiamento afflitto, il modo in cui aveva reagito di fronte alle sue provocazioni.

«Non può rovinare nulla, se tu non glielo permetti.»

Chase annuì piano, ma i suoi occhi tradivano l'ombra del dubbio, dell'incertezza sulla scelta da compiere. Il passato era tornato, e con lui il rischio di ricadere ancora in quel vortice che gli aveva fatto perdere la dignità, il rispetto di se stesso.

Per le strade di Aspen Creek, le luci di Natale brillavano e si rincorrevano festose, infondendo in chi le ammirava una sensazione di allegria, di complicità. Ma nel cuore di Edwin stava cominciando ad accendersi un altro tipo di illuminazione che andava decisamente contro tutta la sua razionalità, il suo buon senso. Quella che si forma quando la paura e il desiderio si incontrano e si fondono inesorabilmente, tanto da non sapere ancora quale dei due assecondare. Quale dei due avrebbe vinto una battaglia che Edwin Parker era sempre più convinto che sarebbe stato destinato a perdere. Come già era accaduto, nel corso della sua vita. Come sempre, del resto.

CAPITOLO 9

Il giorno successivo, la neve tornò a cadere leggera, quasi timida, come se volesse cancellare le orme del passato. E anche quelle di un presente che rischiava di riportare troppo indietro nel tempo, a una fase dell'esistenza che forse non era mai stata davvero superata. Non del tutto.

Aspen Creek, ormai prossima al Natale, era più viva che mai, con le sue vetrine decorate, le canzoni natalizie che si sentivano nei negozi, le luci che scintillavano tra i pini ghiacciati. Eppure, per Edwin Parker, tutto sembrava distante, sfocato, come se stesse osservando quelle scene da dietro un vetro appannato. Come se lui non ne facesse parte.

Dopo la comparsa improvvisa di Davis, lui e Chase erano andati a mangiare qualcosa alla tavola calda, come da programma. Ma dopo essersi scambiati poche parole, erano rimasti entrambi ostinatamente in silenzio, ognuno perso nei propri pensieri che non avevano nulla a che fare con l'allegria e l'intesa che si erano sviluppate tra loro. Non scherzavano più e non si stuzzicavano, proprio come se l'incanto si fosse inevitabilmente spezzato. Come se non avessero più nulla che valeva la pena condividere.

Poi Edwin aveva chiesto al rancher di accompagnarlo al magazzino e lì si erano salutati in fretta. Edwin era entrato con la scusa di controllare le consegne rimaste e Chase se n'era andato senza insistere per restare ad aiutarlo. Anche perché Edwin gli aveva lasciato intendere che la mole più importante del lavoro ormai era stata portata a termine e che, per il resto, se la sarebbe cavata da solo.

La questione fondamentale, per Edwin, era diventata un'altra. Non si trattava più di consegnare in tempo, ma di evitare Chase. Evitare di incrociarlo o anche soltanto di pensare a lui. Perché, considerata la situazione, sarebbe stato assurdo lasciarsi coinvolgere in qualsiasi tipo di relazione con lui. Assurdo e dannoso. E poi, in effetti, con il lavoro ancora da portare a termine, non aveva tempo per pensare.

In parte aveva mentito a Chase. Considerando tutto, c'era ancora parecchio da fare. Ma aveva deciso che, per la sua salute mentale, era davvero meglio non averlo intorno. Era meglio non restare coinvolto oltre il limite che aveva già rischiato di superare.

Così, aveva iniziato a lavorare anche più del solito. E, in questo caso, forse anche più del necessario. Arrivava al magazzino della "Aspen Creek Deliveries" all'alba e restava fino a notte fonda, con poche piccole pause e spesso saltando anche gli orari dei pasti. Ogni minuziosa organizzazione del tragitto, ogni pacco da consegnare si era trasformato per lui in un modo per non pensare.

Però, inevitabilmente, ogni volta che chiudeva gli occhi, vedeva ancora il sorriso sicuro di Davis e lo sguardo di Chase, quell'attimo di esitazione forse troppo prolungato che aveva interpretato come una crepa, come un ritorno al passato. Come il rimpianto di qualcosa, o meglio di qualcuno, che Chase avrebbe desiderato riavere nella sua vita. Si trattava di Davis Cooke, non di lui. Ed era chiaro che contro uno come Davis Cooke non poteva competere. Contro uno come Davis Cooke, non sarebbe mai stato lui il "prescelto". Quindi si doveva rassegnare. Anzi, si doveva arrendere e basta. Allontanarsi in modo dignitoso, per quanto possibile.

La verità era che aveva paura. Non tanto di Chase quanto di se stesso. Paura di esporsi, di lasciarsi coinvolgere, di credere di nuovo in qualcosa di vero, di profondo, di affidarsi ancora una volta a qualcuno che, in seguito, avrebbe potuto scegliere un altro. Era già accaduto, con Marvin, e non ci teneva a ripetere l'esperienza. Non ci teneva a sentirsi come si era sentito dopo gli inganni e le manipolazioni di cui era stato vittima per così tanto tempo.

Di una cosa era certo. Non sapeva amare a metà. O tutto, o niente. E adesso quel tutto gli pesava sul cuore, gli faceva troppo male per riuscire ad affrontarlo. Preferiva restare in disparte, una volta per tutte, per quanto riguardava la sua vita privata. Preferiva mettersi al lavoro e continuare, senza riserve, a seguire la tabella di marcia che aveva preparato per riuscire a soddisfare i suoi clienti.

Il supporto di Chase era stato importante, per lui. Ma ora era in grado di proseguire da solo. Del resto, a parte la collaborazione di Tyler, l'aiuto di Madyson, di sua madre e di pochi altri, era sempre stato così per lui. L'organizzazione era sempre stata tutta sua da gestire, le consegne di Aspen Creek erano una sua responsabilità. Ed Edwin era più motivato che mai a non deludere nessuno. Soprattutto durante le festività natalizie. Soprattutto questa volta.

CAPITOLO 10

L'alba della vigilia, il magazzino della "Aspen Creek Deliveries" era un fermento di scatole, nastri e liste da controllare. Edwin si muoveva tra gli scaffali, sforzandosi di portare avanti il lavoro, di non arrendersi. Anche se ormai proseguiva quasi per inerzia, con un distacco che non gli era mai davvero appartenuto. Aveva le mani arrossate e screpolate per il freddo, gli occhi cerchiati per le poche ore di sonno, ma andava avanti, imperterrito.

Madyson lo aveva chiamato, incredula del fatto che intendesse portare a termine tutto da solo.

«Mi risulta che tu abbia ancora parecchio da fare.» Il suo tono di voce era spazientito. In un modo o nell'altro, la sindaca di Aspen Creek riusciva sempre a sapere tutto ciò che riguardava la cittadina e i suoi abitanti. «Ti ho mandato Chase Lewis, perché non ne approfitti? Ho saputo che non hai più richiesto il suo aiuto perché ormai le consegne sono poche. Sappiamo entrambi che non è vero, Edwin, hai ancora molto lavoro da portare avanti. Perché sei così ostinato?»

«Io non sono ostinato. Il fatto è che...»

«Sì, invece. Sei ostinato e sei anche un maniaco del controllo. Non accetti di dipendere da qualcuno, ma Chase è la persona giusta per...»

«No, Madyson!» La interruppe prima che potesse proseguire e terminare la frase. Qualsiasi cosa intendesse dire, non voleva ascoltarla.

Edwin sbuffò e alzò gli occhi al cielo. Era impossibile imbrogliare Madyson, ormai ne era consapevole da tempo. Però non poteva certo raccontarle la verità, sarebbe stato davvero troppo imbarazzante ammettere di non essere intenzionato a entrare in competizione con l'ex del rancher. Soprattutto perché era certo di uscirne sconfitto. No, dirle "sono attratto da Chase Lewis e non voglio rischiare di essere rifiutato da lui" non era una scelta sensata.

«Preferisco finire le consegne da solo, riesco a organizzare meglio il mio lavoro. Posso farcela, lo sai. Ce l'ho sempre fatta!»

«Di questo non dubito, Edwin. Ma io non voglio che rischi di ammalarti o di sentirti oppresso.» La udì sospirare, sdegnata. «Quel tuo maledetto orgoglio finirà per schiacciarti, mio caro.»

«Non accadrà, Madyson. Stai tranquilla, conosco i miei limiti e farò attenzione a non superarli.»

Così, aveva chiuso la conversazione. E sperava di averla davvero chiusa, una volta per tutte. Forse Madyson non aveva compreso la situazione. O magari aveva capito fin troppo bene, ma non osava manifestare i suoi sospetti. Di certo non si trattava di orgoglio. In ogni caso, Edwin sapeva che al momento poteva solo continuare a lavorare senza sosta. Anche perché non aveva voglia di fermarsi a pensare. Non aveva tempo, soprattutto. Avrebbe rischiato solo di deprimersi ancora di più, di perdere il ritmo e di mandare all'aria tutto il suo impegno.

«Hai davvero intenzione di fare tutto da solo?»

Quando, alcune ore più tardi, sentì quella voce profonda e roca alle sue spalle, per un istante pensò di averla solo immaginata, come se si trattasse di una manifestazione inconscia dei suoi desideri.

Stava posizionando uno scatolone piuttosto pesante su uno scaffale e per poco non gli sfuggì dalle mani. Però riuscì a reggerlo e si voltò di scatto. Sembrava quasi un déjà-vu del loro primo incontro. Sgranò gli occhi per un attimo, poi li chiuse e li riaprì, solo per provare a se stesso che non stava sognando.

Chase si trovava sulla soglia del magazzino della "Aspen Creek Deliveries", con la giacca parzialmente coperta di neve e un'espressione determinata sul viso. Non si erano più visti né sentiti per tre giorni, ma il suo sguardo non era cambiato. Anzi, era tornato a essere quello che lui aveva conosciuto fin dal principio: fermo, diretto, implacabile.

«Non ho più bisogno di aiuto», rispose Edwin in fretta, voltandosi di scatto per tornare al suo lavoro. Non poteva fissarlo, rischiava di mostrarsi troppo debole nei suoi confronti. Soprattutto rischiava che leggesse nei suoi occhi ciò che provava davvero. «Sono a buon punto, ormai. Quindi ti ringrazio, ma me la cavo benissimo da solo.»

«Ah, davvero?» Chase si avvicinò, con passo lento ma risoluto. «Allora perché mi sembri sul punto di crollare, Parker? E perché mi stai evitando?»

«Ti sbagli, Lewis. Io sto bene. E non ti sto evitando, ho solo il mio lavoro da portare a termine!»

«Non è vero.»

Edwin sospirò e si fermò, serrando i pugni e voltandosi nuovamente verso di lui.

«Tu non puoi sapere come sto. Dopo pochi giorni, credi davvero di sapere tutto di me? Non è mai stato facile essere… insomma, essere quello che sono e doverlo dire al resto del mondo! Ma tu questo non puoi saperlo, ovviamente!»

«Ah, perché credi che per me sia stato facile?» Chase percorse rapidamente gli ultimi passi, fino a mettersi proprio di fronte a lui. «Solo perché io ho deciso di vivere senza dare spiegazioni a nessuno, infischiandomene di dare una definizione alle mie scelte personali, questo non significa che non sia stato esposto a critiche, a giudizi. Isolarmi non mi ha semplificato la vita…»

«Hai ragione, scusami.»

«Comunque no, io non credo di sapere tutto di te. Ma posso vederlo e forse anche capirlo. Infatti, posso vedere e capire come ti chiudi ogni volta che qualcuno ti si avvicina. Come hai costruito muri così alti da non permettere a nessuno di oltrepassarli, di raggiungerti. Ma, allo stesso tempo tu… non riesci nemmeno a respirare lì dentro.»

«Ora stai esagerando, Chase.» Edwin sbuffò, alzando gli occhi al cielo. Non poteva cedere. Per questo era costretto a riprendere le distanze nei suoi confronti, a mostrargli tutto il distacco che in realtà non provava. Usando tutto ciò che aveva a disposizione pur di riuscirci, anche l'indifferenza o il sarcasmo. «Devo soltanto finire le mie consegne entro Natale. Non è la prima volta per me e non sarà nemmeno l'ultima. E poi… insomma, vuoi cambiare mestiere? Da rancher a psicologo? Fai pure, ma io non ho intenzione di diventare una delle tue cavie!»

«Voglio solo sapere una cosa. Perché ti sei chiuso con me?»

La domanda di Chase, così diretta, dimostrò a Edwin che non aveva nemmeno ascoltato le sue proteste. O se lo aveva fatto, le aveva comunque ignorate e proseguiva dritto sulla sua strada, senza indugiare.

«Evidentemente preferisco stare per conto mio.» Edwin cercò di mantenere una certa grinta, ma sentì la voce incrinarsi. Non avrebbe resistito ancora a lungo, di questo era consapevole.

«E io, invece, preferisco la verità.» Chase fece un altro passo avanti. «Ti ho concesso qualche giorno di tempo, ti ho concesso il tuo spazio, ma adesso non ha più senso andare avanti così. Ho bisogno di risposte da parte tua. Dimmi che quello che stava nascendo tra noi non contava niente, per te. Dimmi che non hai sentito qualcosa anche tu. Guardami e dillo.»

«Chase, insomma…» Edwin fu costretto a distogliere lo sguardo, per non crollare. Non poteva, e soprattutto non voleva, perdere la dignità.

«Guardami e dillo, Parker. Non è difficile.»

La voce di Chase si addolcì all'improvviso, diventò morbida, quasi carezzevole, scatenando in

Edwin un brivido profondo che lo percorse dalla testa ai piedi. Poi, quel suo modo unico di chiamarlo "Parker"… lo faceva impazzire, ogni volta sempre di più.

Rimase in silenzio, incapace di sostenere il suo sguardo. Poi scosse appena la testa.

Chase allora sospirò, abbassando la voce.

«Davis non significa nulla per me. Non più. Da molto tempo, ormai. E il suo modo di comportarsi di qualche giorno fa dovrebbe chiarirti bene il motivo per cui tra noi è finita. Uno dei motivi, tra tanti altri. Adesso mi rivuole soltanto perché ha capito che non potrà più avermi; è come un bambino viziato che ha buttato via un suo giocattolo e dimostra nuovamente interesse solo quando comprende che potrebbe appartenere a un altro.»

«Sì, me ne sono accorto. E forse hai ragione. Ma lui ti conosce, Chase», mormorò Edwin, sentendosi ormai fin troppo esposto. «Con lui hai una storia, dei ricordi, un passato. Io invece potrei essere solo…»

«Il mio presente», lo interruppe Chase, con una dolcezza disarmante. «Tu potresti essere il mio presente, Edwin. Quello che io voglio adesso. Quello che conta. Se solo mi concedessi un'opportunità. Se solo volessi correre il rischio di conoscermi.»

Edwin lo guardò e, per un momento, il ghiaccio che attanagliava il suo cuore si incrinò. Poi però si ricompose e scosse la testa, allontanandosi del tutto per scongiurare qualsiasi contatto che avrebbe comportato una perdita di controllo da parte sua.

«Ho davvero troppo da fare adesso.»

Chase lo seguì con lo sguardo, ma non insistette. Poi si avviò con passo deciso verso l'ingresso del magazzino della "Aspen Creek Deliveries".

«E va bene, ho capito. Hai davvero troppo da fare adesso.» Si morse le labbra e sospirò, con espressione rassegnata, ripetendo le sue stesse parole nello stesso identico tono. Poi si strinse nelle spalle e gli rivolse un ultimo sguardo, con i penetranti occhi grigi puntati su di lui. «Ma scappare non renderà le cose più facili, Edwin. Dopo aver salvato per l'ennesima volta il Natale di Aspen Creek e aver reso tutti gli altri felici, cosa ne sarà di te? Prova a pensarci.»

CAPITOLO 11

La domanda di Chase rimase senza risposta.

Edwin Parker non aveva la più pallida idea di cosa ne sarebbe stato di lui dopo aver salvato il Natale di Aspen Creek. Non questa volta. O forse sì, l'aveva, senza nemmeno provare a pensarci. Non era così difficile, del resto.

Nulla. Proprio nulla, ecco la risposta. Sarebbe semplicemente andato avanti, come sempre. Senza trambusto, senza scossoni. Senza grandi gioie ma nemmeno grandi dolori. E questo era più che sufficiente, dal suo punto di vista. Perché in questo modo poteva sperare di proseguire con la sua esistenza tranquilla e ritrovarsi in una sorta di pace, di confortante benessere.

Nella tarda mattinata della Vigilia, la cittadina di Aspen Creek era avvolta in una specie di esaltante magia e sembrava uscita da una cartolina. Le persone correvano per le strade con pacchi e borse, i bambini lanciavano palle di neve, le campane della chiesa suonavano festose.

Edwin stava caricando a fatica il furgone per uno dei tanti giri che aveva pianificato per la mattina quando si ritrovò di fronte un gruppetto di persone che riconobbe all'istante. Come un piccolo esercito che sostava impavido di fronte a lui, preparandosi a combattere tutte le sue resistenze.

«Siamo qui per aiutarti, Edwin.» Madyson, ovviamente. Quella donna di certo non sapeva accettare un no come risposta.

«Ma insomma, io...» Edwin posò il pacco all'interno del furgone aperto, poi sospirò rassegnato.

Insieme alla sindaca, si erano presentate anche altre persone: Martha Dawson, la proprietaria della libreria-pasticceria di Aspen Creek, Harry Stuart, il postino in pensione, e Tyler, che aveva deciso di partecipare alla missione di salvataggio nonostante la spalla ancora infortunata, almeno per aiutare a coordinare i lavori. Il ragazzo aveva portato con sé tre compagni di squadra decisamente più in forma. Al gruppo, si era aggiunta anche Janet, la madre di Edwin, con delle scorte di cibo che avrebbero potuto sfamare un esercito.

«Ora siamo una squadra!» decretò Madyson. «Ce la faremo.»

«Sì, sappiamo che hai bisogno di aiuto...», aggiunse Martha. «Per questo siamo qui!»

«Non possiamo di certo permettere che la "Aspen Creek Deliveries" fallisca la sua missione di salvare il Natale», concluse sua madre, stringendo leggermente gli occhi scuri e accarezzandogli la spalla con dolcezza. «E tu non puoi essere davvero così testardo da voler sempre fare tutto da solo, tesoro.»

Tutti annuirono convinti ed Edwin rimase senza parole. Poi, un po' impacciato, accennò un sorriso.

«Io vi ringrazio, davvero.» Era esausto, ne era consapevole, ora più che mai. E sapeva bene che, nonostante tutto l'impegno possibile, non ce l'avrebbe fatta a consegnare i regali nei tempi prestabiliti. Solo un miracolo avrebbe potuto aiutarlo. «La verità è che... per sperare di portare tutto a termine, dovrei lavorare fino a tarda notte. E adesso io non so da dove iniziare...»

«Magari potresti iniziare dalla pausa che ti meriti, dopo tanto lavoro», rispose una voce familiare, ferma ma gentile. Una voce che non apparteneva a nessun componente della squadra improvvisata che si era presentata davanti a lui. Ma a qualcuno apparso all'improvviso, alle loro spalle.

Chase.

Era tornato. Non si era arreso. E questa volta non c'era esitazione nei suoi occhi. Portava con sé un thermos, sulla testa il suo solito cappello da cowboy e quel sorriso tranquillo ma seducente che sarebbe bastato a scaldare e a sciogliere anche la neve.

«Ti ho portato il miglior caffè della città», disse, porgendogli il thermos. «Il mio. Quindi, Parker, fai un favore a te stesso, a noi e all'intera comunità di Aspen Creek. Prenditi una dannata pausa e poi lasciati aiutare. Siamo la tua unica possibilità di consegnare i regali in tempo. Te ne rendi conto?»

Edwin lo guardò a lungo, indeciso. Poi spostò lo sguardo su sua madre, su Madyson e su tutti gli altri, che sostavano di fronte a lui, in attesa di una sua risposta. E fu come se qualcosa si allentasse dentro di lui quando decise finalmente di arrendersi.

«Sì, me ne rendo conto.» Non gli restava altro che ammetterlo, di abbattere quel muro che lo costringeva a restare confinato nella sua ostinazione. «Io... d'accordo, ho bisogno del vostro aiuto. Grazie di essere qui.»

CAPITOLO 12

Fu una corsa contro il tempo. Il piccolo convoglio di furgoni e veicoli si mosse tra le strade innevate, carico di pacchi e, soprattutto, di buona volontà. Edwin coordinava le consegne con la precisione di sempre, ma con una nuova luce negli occhi.

Chase guidava seduto accanto a lui, mentre le canzoni natalizie riempivano l'abitacolo del suo furgone. Avevano deciso, come per tacito accordo, di non affrontare questioni personali, almeno per il momento. Almeno fino a quando la loro missione fosse giunta al termine, con una degna conclusione.

Ma ogni volta che Edwin lo guardava e sorrideva, qualcosa dentro al cuore di Chase si scioglieva, sempre di più. Proprio come accadeva a ogni loro sosta, a ogni indirizzo dove si fermavano per le loro consegne, a ogni sorriso e a ogni "Buon Natale" che ricevevano.

Verso sera, quando anche l'ultimo pacco era stato consegnato e gli altri membri della squadra, poco alla volta, si erano ormai ritirati per prepararsi alla grande festa del Winter Festival, che si sarebbe svolta l'indomani nel pieno centro di Aspen Creek, rimasero solo loro due seduti all'interno del furgone di Chase, davanti al cancello di una fattoria isolata. L'ultima tappa che avevano in programma, la più lontana. Ma era fatta ormai, erano finalmente riusciti a portare a termine la loro missione.

«Abbiamo davvero finito», mormorò Edwin, quasi incredulo. «Quasi non ci credo! Non pensavo che ce l'avrei fatta, quest'anno.»

«E invece, eccoci qui. Adesso non avrai più "davvero troppo da fare".» Chase sorrise, strizzandogli l'occhio, poi incrociò le braccia al petto. «Vediamo un po' che scusa inventerai. Sono curioso.»

«E chi lo sa! Sono pieno d'inventiva!» Edwin rise, ma gli occhi gli si velarono d'emozione. Sospirò, mordendosi appena le labbra. «A parte gli scherzi... non so come ringraziarti. È evidente che non me la sarei cavata senza il vostro aiuto. Senza il tuo aiuto, soprattutto!»

«Non hai bisogno di ringraziarmi.» Chase si voltò del tutto e inclinò il busto verso di lui. Tanto che il respiro si mescolò con il suo. «Sai bene che non l'ho fatto solo per te.»

Edwin annuì e lo guardò. Comprese che in quello sguardo c'era davvero tutto: la paura, la gratitudine, il desiderio, la speranza. E molto altro. Sì, molto altro che non vedeva l'ora di scoprire.

«Sì, credo di averlo capito. Ma la verità è che...» Chiuse per un attimo gli occhi, deglutì a fatica.

«Qual è la verità, Edwin?» Chase lo afferrò per le braccia, stringendolo forse con troppa energia. Ma di certo non gli avrebbe più permesso di tirarsi indietro. «Sono qui, parlami!»

«Mi sono sentito manipolato, Chase. È difficile da spiegare.»

«Da me? Ti sei sentito costretto ad accettare il mio aiuto?» Chase sgranò leggermente gli occhi, il suo respiro si fece più affannoso. «Mi dispiace, io non intendevo...»

«No, non intendevo questo. E non si tratta di te, ma di Marvin, il mio ex.» Edwin posò la mano sul suo petto e lo accarezzò piano, fino a calmarlo. «Quando l'ho incontrato io ero giovane, lui era più grande. Sapeva già fin troppo bene chi era, cosa voleva. In breve, mi ha quasi costretto a espormi con la mia famiglia, con tutti gli altri, quando non mi sentivo ancora pronto. Marvin ne aveva fatta quasi una questione di principio, come se io non mi sentissi orgoglioso di dichiararmi gay, di essere... quello che sono, insomma! Come se volessi nascondermi, mi vergognassi. Mi ha fatto sentire in colpa.»

«Ti ha costretto al coming out, ho capito.» Chase sospirò, accarezzandogli la guancia. «Io credo che sia una scelta personale, non andrebbe mai forzata.»

«Io l'ho accontentato, comunque. Alla fine credo di essermi tolto un peso, ma al momento non mi sono reso conto che non si trattava soltanto di quella circostanza...» Edwin socchiuse gli occhi per un istante, gustando la sensazione intensa della carezza di Chase, il contatto con la sua pelle. «Marvin ha sempre avuto quell'atteggiamento, nei miei confronti. Ha sempre cercato di convincermi a soddisfare le sue necessità, facendomi credere che io non fossi mai abbastanza, che dovessi sempre dimostrare qualcosa, influenzando ogni mia scelta fino alla fine della nostra relazione... fino a quando mi ha tradito e poi mi ha lasciato per un altro.»

«Mi dispiace, Edwin, davvero...»

«La decisione di aprire la "Aspen Creek Deliveries", invece, è stata solo mia», lo interruppe Edwin, alzando il tono di voce. «L'unica mia vera scelta, si può dire. Per questo è diventata così importante, per me. Per questo ci tengo così tanto a rispettare i miei impegni e non potevo rischiare di compromettere tutto. Per questo avevo "davvero troppo da fare". Tu puoi capirmi, vero?»

«Sì, certo. Posso capire.» Chase, per un istante, appoggiò la fronte alla sua. Poi tornò a guardarlo negli occhi. «E ora posso capire anche le tue resistenze, i tuoi dubbi nei miei confronti.»

«Io credo di aver sbagliato con te, da questo punto di vista. Ma la verità è che ho passato tanto tempo a convincermi che i sentimenti fossero una tempesta da evitare, da tenere il più lontano possibile. Ma forse... forse la verità è che sono un porto sicuro in cui tornare, se si trova il coraggio di lasciarsi andare, di crederci ancora.»

Chase sorrise, poi gli prese il viso tra le mani, fissando gli occhi nei suoi.

«Allora, torna da me e credici. Concedi a entrambi questa possibilità. Io ti voglio, Parker, e non mi arrenderò facilmente.»

Edwin non ebbe nemmeno il tempo di rispondere, perché fu l'istinto a guidarlo. La distanza tra loro si colmò in un istante, lo afferrò per la nuca e lo guardò in quegli occhi grigi che ora sembravano celare speranze, sogni da realizzare insieme. Il bacio fu lento, profondo, carico di promesse non ancora pronunciate.

Intorno a loro, il mondo sembrò trattenere il respiro: la neve cadeva più dolce, le luci lontane brillavano come stelle, e per la prima volta Edwin non pensò a ciò che avrebbe potuto andare storto. Non pensò a nulla di preciso, a dire il vero. Solo a lasciarsi andare, a vivere. A lasciarsi trasportare dall'istinto e dalla passione.

Quella notte, Aspen Creek dormì sotto un cielo trapunto di stelle. Nel magazzino ormai vuoto, l'insegna natalizia della "Aspen Creek Deliveries" lampeggiava festosa.

Edwin e Chase, una volta tornati alla base, si sedettero sul gradino all'ingresso guardando la neve che aveva iniziato a cadere leggera, come un manto incantato. E mentre, nella notte di Natale, la città si illuminava di luci e risate, Edwin pensò che sì, forse quella era stata la "missione" più importante di tutte, almeno per lui: il coraggio di aprire di nuovo il proprio cuore, di provare speranza, di credere ancora all'amore. Proprio con l'uomo che aveva accanto, Chase Lewis. Il rancher che lo aveva aiutato a salvare il Natale.

CAPITOLO 13

L'alba di Natale si levò su Aspen Creek come una carezza lenta, tra il silenzio dei pini e il profumo di legna bruciata. La notte della grande tempesta di neve era ormai un ricordo: le strade erano ricoperte da un manto bianco e soffice, le case brillavano di decorazioni natalizie e le candele erano accese sui davanzali. L'intera cittadina sembrava respirare all'unisono, come se l'inverno, per un giorno, avesse deciso di attenuare la sua morsa e concedere una tregua.

Quando Edwin si svegliò nel suo piccolo appartamento, la luce filtrava dalle tende, disegnando riflessi d'oro sul pavimento, e il profumo del caffè riempiva l'aria. Durante la notte appena trascorsa aveva dormito davvero poco, ma per la prima volta dopo tanto tempo si sentiva leggero. Non solo. Si sentiva anche felice, appagato. Libero.

La stanchezza dei giorni precedenti si era quasi del tutto dissolta, sostituita da una pace nuova, fragile ma autentica.

Scese lentamente dal letto, indossò una felpa e si fermò di fronte alla finestra. Fuori, la gente cominciava a popolare la piazza per la giornata più importante del Winter Festival. Edwin sorrise, seguendo con lo sguardo i bambini che correvano intorno con le loro sciarpe colorate, i musicisti che si preparavano accordando gli strumenti, gli artisti pronti a proporre le loro opere dedicate al Natale, le luci che scintillavano sotto i fiocchi di neve appena caduti. Poi si passò una mano tra i capelli scompigliati, sorridendo quasi senza accorgersene.

Era passato molto tempo da quando aveva osservato quella scena senza sentirsene escluso. Anche negli ultimi tempi che aveva trascorso con Marvin non era riuscito a sentirsi partecipe dell'atmosfera natalizia, come se gli mancasse sempre qualcosa. Forse la tranquillità, la sicurezza, ma soprattutto la fiducia nella persona che aveva accanto.

Sospirò e si diresse verso la cucina, attirato sempre di più dal profumo invitante del caffè. Si guardò intorno. Lui non c'era. Ma, avvicinandosi al ripiano, notò un biglietto ripiegato. Poche parole scritte, una calligrafia che non conosceva. Non ancora.

"Ho fatto il caffè. Ci vediamo più tardi. ☺ "

Edwin sorrise, cercando di prendere confidenza con la scrittura un po' spigolosa seguita però da una faccina sorridente, poi socchiuse gli occhi. Il ricordo di lui, della notte appena trascorsa, era impregnato nella sua mente, nelle sue ossa. Il modo in cui si muoveva, lo baciava, lo prendeva, accarezzava ogni frammento del suo corpo come se fosse qualcosa di prezioso, unico al mondo. Qualcuno di cui avere cura.

Le sue parole gli rimbalzarono nella memoria e un brivido di piacere lo percorse.

"Io ti voglio, Parker, e non mi arrenderò facilmente."

Anche lui lo voleva. L'aveva voluto disperatamente, fin dall'inizio. Forse anche prima di rendersene davvero conto. Fin dal primo momento in cui i suoi occhi si erano posati su di lui, quando era apparso all'improvviso alla porta del magazzino della "Aspen Creek Deliveries", con quell'atteggiamento fiero e impetuoso.

Voleva Chase Lewis, il rancher che era arrivato in suo soccorso e lo aveva aiutato a salvare il Natale di Aspen Creek. E lo avrebbe voluto ancora, anche adesso che la loro missione era compiuta. Non aveva alcuna certezza sul futuro della loro storia, ma aveva deciso che non avrebbe rinunciato a crederci, a viverla davvero, fino in fondo. Avrebbe concesso a entrambi questa possibilità, proprio come Chase gli aveva chiesto.

Magari insieme sarebbero riusciti a trovare un po' di felicità, oltre gli errori che avevano commesso. Oltre la tempesta che avevano superato insieme.

CAPITOLO 14

In tarda mattinata, la piazza principale di Aspen Creek divenne un piccolo mondo incantato. Sul palco montato davanti al municipio, il coro intonava *Silent Night*, mentre i più piccoli distribuivano biscotti a tutti i presenti. Le bancarelle di dolciumi di ogni tipo e di cioccolata calda emanavano un profumo delizioso e il cielo, velato di neve, rifletteva il bagliore delle lanterne che erano state accese lungo le strade.

Edwin camminava tra la folla, salutando con un sorriso le persone che conosceva. Martha lo abbracciò con entusiasmo, porgendogli una scatola di biscotti appena sfornati.

«Per l'eroe delle consegne di Natale!»

Lui rise, arrossendo. «L'eroe è stato il team che mi ha aiutato, non io.»

«Modesto come sempre», ribatté lei con un sorriso affettuoso. «Devi ancora imparare ad accettare i complimenti, Edwin. In ogni caso, Chase

Lewis aveva ragione su di te quando ci ha riuniti. Sei davvero un eroe.»

Edwin si bloccò, colto di sorpresa. «Chase?»

«Oh, sì. È stato proprio lui a chiederci di aiutarti ieri. È stato piuttosto convincente. Insomma, non ha voluto sentire ragioni anche se sapeva che tu avresti opposto resistenza. Come in effetti è accaduto, all'inizio.»

«Ah… io credevo che l'iniziativa fosse partita da Madyson e da mia madre…»

«No, caro, non proprio.» Martha ridacchiò divertita. «Io direi di tenerlo d'occhio, quel bel ragazzo. Potrebbe avere in serbo qualche altra sorpresa per te.»

Edwin sorrise cercando di mostrarsi distaccato, ma il cuore prese a battere più forte nel suo petto. Si ricompose appena venne raggiunto da sua madre e, in seguito, da Madyson, Harry, Tyler e i suoi amici. La grande squadra che aveva salvato le consegne di Natale si era appena ricomposta.

Poco dopo, le luci principali del Winter Festival si accesero tutte insieme. Un coro di esclamazioni entusiaste riempì la piazza mentre la grande stella in cima all'albero di Natale si illuminava, diffondendo riflessi dorati sullo spazio circostante e sulle persone lì riunite.

Edwin restò immobile per un istante, completamente rapito dalla scena. Le voci, intanto, si mescolavano al suono dei campanelli in festa e, in mezzo alla gente, si sentì davvero parte di qualcosa di bello.

Poi, dietro di lui, una voce profonda e ormai familiare gli sussurrò:

«Ti stavo cercando, Parker.»

Chase era lì, con la sua giacca scura e il cappello da cowboy che si sistemò per bene sulla testa, abbassandolo leggermente con la mano. La sua struttura sembrava ancora più imponente e nei suoi occhi grigi c'era quella luce calma che Edwin aveva imparato a riconoscere, quel misto di dolcezza e determinazione che gli aveva reso impossibile resistergli.

«Ciao.» Edwin gli rivolse un sorriso, increspando le labbra.

«Ciao.» Chase si avvicinò di qualche passo, stringendo qualcosa tra le mani. Sembrava quasi intimidito. «Io... so che non è molto, ma... volevo darti questo.»

Edwin abbassò lo sguardo. Tra le mani di Chase c'era un pacchetto avvolto in una carta color ocra, con un fiocco rosso e un biglietto scritto a mano. Quella stessa calligrafia che stava imparando a riconoscere.

"Per proteggerti dal freddo, quando non potrò farlo io."

Lo aprì con le dita che tremavano più per l'emozione che per il gelo. Dentro c'erano una sciarpa e un paio di guanti di lana con i colori bianco e azzurro intrecciati.

«Non li hai fatti tu, vero?»

«Certo che li ho fatti io! Ma con un po' di aiuto da parte di Madyson e di tua madre», ammise Chase, mordendosi le labbra. «E qualche fantastico tutorial su YouTube che avevo iniziato a seguire da un po'. Non sono perfetti, ma ho avuto pochissimo tempo per sperimentare. Spero di migliorare con i prossimi tentativi. Non ero nemmeno sicuro di darteli perché sono così... Insomma, lo vedi anche tu!»

Edwin gli prese la mano, interrompendolo. «Per me sono perfetti perché sono tuoi. Non potrebbero essere più belli di così. Del resto, io avrei fatto molto peggio! Mi dispiace non avere un regalo per te, al momento.»

«Mi hai permesso di aiutarti a salvare il Natale, mi sembra più che sufficiente!» Chase sorrise, poi inspirò lentamente. «Io... non pensavo che mi sarei sentito ancora così. Voglio dire... che mi sarei sentito a mio agio qui ad Aspen Creek, al Winter Festival e con qualcuno che vorrei disperatamente al mio fianco. Ma poi ho capito che a volte i luoghi non contano e nemmeno le celebrazioni. Contano le persone.»

Edwin ricambiò il sorriso e lo guardò negli occhi. «E chi conta per te, Chase?»

«Tu. Soprattutto tu.»

Il mondo, all'improvviso, sembrò fermarsi, mentre Edwin lo attirò a sé e lo baciò sulle labbra, senza preoccuparsi di niente e di nessuno. Non c'erano più il freddo, la folla o la musica natalizia di sottofondo. Solo loro due.

Fu un bacio vero, profondo, liberatorio. Chase si piegò verso di lui, le mani trovarono istintivamente le sue e le loro dita si intrecciarono. Edwin sospirò piano mentre le loro labbra si cercavano e i loro respiri si mescolavano.

Così si sentì vivo, più che mai. Non come un uomo che aveva riscoperto l'amore, la passione, ma come qualcuno che, dopo tanto tempo, aveva ritrovato se stesso, la parte di lui che credeva perduta tra abbandoni, tradimenti, sconfitte e delusioni.

Intanto, la neve continuava a cadere, dolce, fresca e luminosa, avvolgendoli in un silenzio perfetto. Un silenzio pieno di tutto ciò che avevano cercato: conforto, speranza, amore.

EPILOGO

Tre mesi dopo

La neve si era ritirata da settimane, lasciando, poco alla volta, sempre più spazio al verde tenero dei prati e al profumo di terra bagnata. Aspen Creek, in primavera, si sarebbe trasformata in un'altra città: i tetti brillavano sotto il sole, i ruscelli correvano liberi e le montagne, ancora parzialmente spruzzate di bianco, si specchiavano limpide nei laghi.

Edwin chiuse il portellone del furgone con un colpo secco, asciugandosi la fronte. Il sole splendeva alto nel cielo, e un venticello tiepido gli scompigliava i capelli castani. La "Aspen Creek Deliveries" andava a gonfie vele, il lavoro non mancava mai, nemmeno dopo le feste. Dopo il caos del Natale, la comunità della cittadina non aveva smesso di sostenerlo; le richieste erano sempre assidue, anzi, continuavano a moltiplicarsi e lo spazio stava diventando un po' ristretto. Tanto che, a breve, avrebbe dovuto pensare a una soluzione alternativa. Ma stavolta non era più solo a gestire tutte le consegne e l'impegno che la sua attività comportava. Si era convinto ad assumere un paio di altri ragazzi part-time, oltre a Tyler.

«Sei in ritardo, Parker.» La voce di Chase arrivò alle sue spalle, roca e divertita. «Come sempre!»

Edwin si voltò, sorridendo. Chase era appoggiato alla staccionata, con una camicia azzurra arrotolata sulle maniche e l'immancabile cappello da cowboy che gli faceva ombra sugli occhi. Aveva un'aria più rilassata e serena del solito, mentre si accarezzava il mento con la sua tipica espressione provocante.

«Sei tu che sei arrivato in anticipo», rispose Edwin, incrociando le braccia. «Come sempre!»

Chase gli lanciò un'occhiata seducente, allusiva.

«Forse non vedevo l'ora di rivederti. E di riaverti.»

Edwin arrossì all'idea e non si sottrasse quando Chase si avvicinò con l'intenzione di afferrarlo per i fianchi, per poi baciarlo. Era un gesto naturale, tra loro, parte delle loro giornate, ma riusciva sempre a emozionarlo, a suscitare quel fremito dolce e intenso che Chase Lewis aveva destato in lui fin dai primi giorni insieme.

«Allora mi leggi nel pensiero, rancher.»

Negli ultimi mesi, poco alla volta, avevano trovato un equilibrio che era diventato essenziale nella loro quotidianità. Chase lo aiutava nelle consegne della "Aspen Creek Deliveries" quando non era impegnato al ranch, Edwin lo raggiungeva nei weekend per dargli una mano a gestire il lavoro e a occuparsi dei cavalli e delle recinzioni. Avevano imparato a convivere con le loro differenze, la precisione accurata e scrupolosa di Edwin e l'improvvisazione, l'istinto naturale di Chase. Così, sorprendentemente, riuscivano a completarsi.

«Ogni volta che il vento cambia e percepisco un'aria di tempesta...», disse Chase, sollevando la testa per osservare il cielo limpido. «Mi viene in mente quella notte in cui siamo rimasti bloccati nella neve. Il magazzino, il freddo, noi due...»

«Il generatore che minacciava di lasciarci congelare... i miei scarsi rifornimenti di cibo... la coperta che abbiamo condiviso...», aggiunse Edwin ridendo. «Davvero molto romantico, hai ragione!»

Chase rise con lui. «Già. E io che non riuscivo ancora a capire se tu avessi intenzione di uccidermi o di baciarmi.»

Edwin gli sfiorò la mano e alzò gli occhi al cielo. «Entrambe le cose, lo confesso! Eri così ostinato e invadente! E ti divertivi a provocarmi!»

«Lo so, mi diverto ancora! Ma quella notte ti avrei strappato volentieri tutti i vestiti di dosso, lo confesso!»

«Sei sempre il solito sfacciato!»

Risero entrambi, poi restarono fermi per qualche istante, a osservare le nuvole che scorrevano lente sulle montagne.

«Hai mai pensato di venire a vivere al ranch, insieme a me?» chiese Chase, improvvisamente serio.

Edwin lo fissò per un momento, poi sorrise.

«Direi quasi ogni giorno, da quando abbiamo iniziato a stare insieme.»

Chase lo abbracciò da dietro, stringendolo contro di sé. «Allora facciamolo accadere, Parker.»

«Però...» Edwin sospirò, voltando la testa verso di lui per incrociare il suo sguardo. «Mi dispiace abbandonare tutto, le persone che mi hanno dato fiducia con la "Aspen Creek Deliveries"... un altro Natale da "salvare", poi un altro... Per me è ancora importante, lo sai.»

«Certo, so bene quanto ci tieni! Per questo penso che potremmo trasferire al ranch buona parte dell'attività, per riuscire ad ampliarla e adeguarla alle richieste che arrivano ogni giorno. C'è tantissimo spazio per il magazzino, qui sta diventando sempre più difficile farci stare tutto. Comunque, tornerai sempre alla base quando sarà necessario. Possiamo contare sull'aiuto di Tyler e dei ragazzi, si sono dimostrati davvero all'altezza ultimamente. Quindi, tranquillo, salveremo anche il prossimo Natale e quello dopo ancora...» Chase sorrise, stringendolo a sé e sfiorandogli le labbra con un bacio. «Vedi, Parker, a ogni problema si può trovare una soluzione. Insomma, quasi a ogni problema, lo sai...»

«Sì, certo, Lewis. Tranne che per i tuoi lavori a maglia!»

«Ma quelli non sono semplici "problemi". Sono disastri epici a cui nemmeno il club del lavoro a maglia di Aspen Creek riesce a porre rimedio! Però mi diverto troppo per rinunciare. E mi diverto anche a fare impazzire tua madre e Madyson nel tentare di risolvere i miei pasticci, quindi... vado avanti!»

Edwin chiuse gli occhi, lasciandosi cullare dal calore dell'abbraccio dell'uomo di cui, giorno dopo giorno, si stava innamorando sempre di più. Ora non aveva più paura di cambiare, né di restare. Soprattutto, non aveva più paura di esporsi, di rischiare. Aveva trovato il suo posto, e non si trattava di un luogo specifico dove vivere, ma delle braccia di chi lo aveva visto davvero, fin dal primo giorno.

Il vento tiepido di primavera portò con sé l'eco lontana del fiume, il canto degli uccelli e una risata felice che si diffuse nell'aria.

L'inverno era finito. E sotto il cielo splendente del Wyoming, l'amore di Edwin Parker e del suo rancher, Chase Lewis, continuava a fiorire giorno dopo giorno, come quel principio di primavera che li aveva ritrovati, ancora una volta, insieme.

About the author:

Facebook: https://www.facebook.com/justicewilloughbyauthor

Instagram: https://www.instagram.com/justicewilloughbyauthor